A professora e a aprendiz

JULIANA MARCELINO

A professora e a aprendiz

LIÇÕES SOBRE GESTÃO DE CONFLITOS

© Juliana Silva Marcelino Roma, 2024
Todos os direitos desta edição reservados à Editora Labrador.

Coordenação editorial Pamela J. Oliveira
Assistência editorial Vanessa Nagayoshi, Leticia Oliveira
Capa e projeto gráfico Amanda Chagas
Diagramação Nalu Rosa
Preparação de texto Monique Pedra
Revisão Gleyce Florencio

Dados Internacionais de Catalogação na Publicação (CIP)
Jéssica de Oliveira Molinari - CRB-8/9852

Roma, Juliana Silvia Marcelino
 A professora e a aprendiz : lições sobre gestão de conflitos
Juliana Silvia Marcelino Roma.
 São Paulo : Labrador, 2024.
 128 p.

 ISBN 978-65-5625-777-8

 1. Desenvolvimento pessoal 2. Gestão de conflitos
 3. Relações humanas I. Título

24-5674   CDD 158.1

Índice para catálogo sistemático:
1. Desenvolvimento pessoal

Labrador

Diretor-geral Daniel Pinsky
Rua Dr. José Elias, 520, sala 1
Alto da Lapa | 05083-030 | São Paulo | SP
contato@editoralabrador.com.br | (11) 3641-7446
editoralabrador.com.br

A reprodução de qualquer parte desta obra é ilegal e configura
uma apropriação indevida dos direitos intelectuais e patrimoniais
da autora. A editora não é responsável pelo conteúdo deste livro.
Esta é uma obra de ficção. Qualquer semelhança com nomes, pessoas,
fatos ou situações da vida real será mera coincidência.

Ao meu pai, José.
À minha mãe, Márcia.

À professora Lúcia Helena Galvão, com profundo respeito e gratidão, cuja sabedoria ilumina. Sua dedicação à educação e seu compromisso com o desenvolvimento humano são fontes inesgotáveis de inspiração — e impulsiona a raça humana para frente, em seu "longo caminho de volta a Deus". Que estas páginas possam refletir um pouco da luz que espalha pelo mundo, guiando outros na jornada do conhecimento, da consciência e sabedoria.

Considerações

O livro é dividido entre lições da professora e reflexões da aprendiz. Na **parte 1**, você encontrará diálogos ficcionais entre a professora Lúcia e a aprendiz Joma.

Qualquer semelhança com pessoas — vivas ou falecidas — ou com eventos reais é pura coincidência. Os personagens, as organizações e os eventos descritos são frutos da imaginação da autora e foram criados para enriquecer a narrativa.

As falas e ações atribuídas aos personagens não representam de forma alguma as opiniões ou experiências de qualquer pessoa real. Embora algumas situações possam parecer inspiradas em eventos do cotidiano, qualquer conexão é meramente circunstancial.

Os diálogos presentes nesta obra foram inspirados na palestra Equilíbrio das Polaridades da Vida: O Caminho do Meio, da série Sri Ram, comentada por Lúcia Helena Galvão, bem como no livro *Em busca da sabedoria*, de N. Sri Ram.[1]

---

[1] Sri Ram, também conhecido como N. Sri Ram (1889-1973), foi um destacado líder da Sociedade Teosófica, filósofo e autor indiano. Ele dedicou sua vida ao estudo e à disseminação dos princípios da teosofia, que integra sabedoria espiritual do Oriente e do Ocidente. Seus ensinamentos abordam temas como autotranscendência, a natureza da realidade e o equilíbrio entre os opostos. Em suas obras, Sri Ram defendia a necessidade de superar a dualidade e polaridades da vida, buscando uma visão mais ampla e espiritual que integra todas as coisas como partes de um todo.

Por fim, na **parte 2,** você encontrará os aprendizados e as reflexões de Joma, a aprendiz.

Este trabalho tem o propósito de entreter e provocar reflexão. Agradecemos por entender e respeitar a natureza ficcional da parte 1 desta obra.

Lições da professora

— PARTE 1 —

Eis a questão!

Nasci na pitoresca cidade de Aropi. Esse lugar tem presença recorrente nas páginas policiais dos jornais, suas figuras peculiares e seus misteriosos incidentes estão sempre gerando notícias. Alguns moradores, com personalidades complicadas, são personagens que desafiam as expectativas e mantêm a cidade constantemente viva. Bem viva, eu diria.

Desde cedo, minha curiosidade era insaciável, e meus olhos brilhavam como estrelas em uma noite sem nuvens pelos livros. Percorria todas as pequenas bibliotecas da cidade, e, aos quinze anos, meus queridos pais entenderam que o melhor seria buscar novos horizontes na capital.

A cidade grande, com seus prédios imponentes e ruas movimentadas, era um mundo completamente diferente. Eu me sentia deslocada, como se fosse uma estranha em meio à multidão. Tentei me encaixar nos grupos de colegas da escola, mas as diferenças eram muito grandes, e eu me sentia como uma observadora em meu próprio mundo.

Foi nesse momento de solidão e busca por identidade que encontrei meu refúgio: a biblioteca central. O cheiro dos livros antigos e o som das páginas virando tornaram-se meus companheiros fiéis. Ali, nos mundos imaginários e nas profundezas das reflexões filosóficas, eu encontrava escape e alívio.

As horas voavam enquanto eu mergulhava nas obras dos grandes pensadores. Cada página era uma fuga da realidade tumultuada da cidade grande. A biblioteca se tornou meu santuário, um lugar onde eu podia ser verdadeiramente eu mesma, longe das expectativas e julgamentos.

Em uma tarde ensolarada, entre as prateleiras empoeiradas, encontrei um livro especial que mudaria minha vida: um exemplar antigo de filosofia, com páginas amareladas pelo tempo. Tornando-me cada vez mais fascinada pela profundidade dos pensamentos ali expressos, tomei gosto pela filosofia. Foi então que, enquanto folheava as páginas e absorvia as palavras sábias, senti uma presença tranquila se aproximando.

A professora Lúcia, com seus cabelos ondulados e olhos cheios de conhecimento, apareceu ao meu lado. Nosso encontro foi como a convergência de dois rios, onde a sabedoria dela encontrou minha sede de conhecimento. Eu sempre sonhava com uma figura muito parecida com ela como mestre, alguém que pudesse me guiar através dos meandros da filosofia e da busca pela verdade. Começamos a conversar sobre os ensinamentos filosóficos e o equilíbrio na vida.

A partir desse dia, a biblioteca se tornou o local de encontros regulares entre mim e a professora Lúcia. Compartilhávamos ideias, discutíamos conceitos e explorávamos os mistérios da existência. Naquelas conversas, encontrei não apenas conhecimento, mas também um lar, uma conexão que transcendeu os limites daquela cidade.

A professora Lúcia não apenas nutriu minha paixão pela filosofia, mas também ajudou a me sentir parte de algo maior. A biblioteca deixou de ser apenas um refúgio; tornou-se um espaço de crescimento, aprendizado e amizade. Antes deslocada, agora caminho pelas ruas da capital com um novo brilho nos olhos, levando comigo as valiosas lições que encontrei naquele lugar especial.

Em um dia de céu nublado, após o final da aula sobre as guerras mundiais, não consegui conter minha inquietação. Saí apressada ao encontro da professora e perguntei:

— Professora, como podemos acabar com os conflitos do mundo? Como podemos trazer paz e harmonia para todos?

A professora Lúcia sorriu gentilmente, percebendo minha busca sincera por respostas. Ela fechou os olhos por um momento, como se estivesse buscando as palavras certas nas brisas suaves que balançavam nas folhas das árvores.

— Eis a questão! Acabar com os conflitos do mundo é como domar as ondas do oceano furioso. Mas permita-me compartilhar com você uma filosofia que pode guiar nossos passos na busca pela paz: o caminho do meio.

Concordei, desejando entender a metáfora.

— O caminho do meio nos ensina a encontrar o equilíbrio entre os extremos. Imagine que o mundo é uma vasta corda esticada entre dois polos, e os conflitos surgem quando essa corda é puxada com muita força para um lado ou para o outro. A busca pela paz exige que encontremos um ponto de equilíbrio no meio, onde a corda não é nem tensionada nem muito relaxada.

— Mas professora, isso não significa que vamos abrir mão de nossas convicções?

Ela sorriu com ternura.

— Não, minha querida. O caminho do meio não exige que abandonemos nossos valores. Ele nos pede que tenhamos a humildade de ouvir e o coração aberto para compreender. Às vezes, podemos encontrar soluções inovadoras que integrem o melhor de todas as perspectivas, criando um terreno fértil para a paz.

Refleti sobre as palavras da mestra e me coloquei a questionar de onde surgiu essa teoria. E a professora Lúcia acalmou explicando:

— Caminho do meio é um dos elementos mais reiterativos nas tradições antigas, no Oriente e no Ocidente, da filosofia tradicional. É o equilíbrio das polaridades. Não é o justo meio entre dois opostos, um pouquinho do que cada um gosta, para estar bem com ambos os polos. Assim, você termina como um demagogo.

Interrompi a professora e perguntei o que era ser demagogo.

Com um olhar sereno e acolhedor, a professora Lúcia explicou que ser demagogo é uma característica que pode ser encontrada em algumas pessoas que buscam ganhar popularidade e apoio através da manipulação das emoções e das opiniões do público. Ela enfatizou que, embora pareça uma abordagem eficaz no curto prazo, a demagogia muitas vezes sacrifica a honestidade e a integridade em prol de objetivos pessoais.

—Não seja essa pessoa, querida Joma — brincou e se despediu.

Ainda cheia de dúvidas, perguntei se seria possível continuar o assunto no dia seguinte. A professora concordou e agendou o local para a conversa:

— Amanhã te espero às cinco da tarde na biblioteca. Teremos chá de cidreira e biscoitos.

Fui embora saltitante.

Com chá e biscoitos!

Enquanto saboreava um biscoito de queijo, eu olhava com curiosidade para a página aberta do livro antigo que estava diante de mim. A professora Lúcia, sentada à minha frente com uma xícara de chá de cidreira nas mãos, sorria gentilmente e dizia:

— Essas são as máximas de Hermes Trismegisto,[2] minha querida, e elas exploram uma profunda interconexão entre os aspectos do universo.

Intrigada, logo questionei:

— Mas o que ele quis dizer com "Tudo é duplo; tudo tem polos; tudo tem o seu oposto"?

A professora Lúcia concordou, apreciando o desejo de compreender.

— Ele está nos lembrando que tudo no universo possui polaridades, como os polos de um ímã. A alegria e a tristeza, a luz e a escuridão, o sucesso e o fracasso, todos têm seus lados opostos, mas são essencialmente parte do mesmo todo.

— Então, quando ele diz "o igual e o desigual são a mesma coisa", está dizendo que até mesmo aquilo que parece diferente pode compartilhar uma essência comum?

---

2   Hermes Trismegisto é uma figura mítica, resultado da fusão entre o deus grego Hermes e o deus egípcio Thoth, ambos associados à sabedoria, comunicação e magia. Ele é creditado como autor de textos esotéricos conhecidos como o *Corpus Hermeticum*, que abordam temas como a criação, a natureza, o cosmos e a espiritualidade.

— Exatamente — confirmou a professora. Essa é uma maneira profunda de perceber que as diferenças não devem nos cegar para as semelhanças subjacentes. Os opostos, embora existam contrastantes, possuem uma essência.

Assenti, continuando a absorver as palavras da professora.

— E quando ele diz "todos os paradoxos podem ser reconciliados", significa que, mesmo quando algo parece contraditório, há uma maneira de encontrar harmonia entre as ideias opostas?

— Exatamente — reiterou a professora. — A vida é cheia de paradoxos, mas a chave está em compreender que, embora possam parecer conflitantes, eles podem ser vistos como partes complementares de uma realidade mais ampla. A reconciliação dos paradoxos leva a uma compreensão mais profunda.

Senti minha mente expandir.

— Então, todas essas máximas nos lembram que tudo está interligado e que a compreensão plena vai além da superfície?

A professora Lúcia concordou com um sorriso caloroso.

— Você capturou perfeitamente, Joma. As máximas de Hermes Trismegisto nos convidam a olhar além das aparências e reconhecem a teia complexa de conexões que sustentam o universo. Cada máxima é um convite para explorar a profundidade da existência.

Enquanto o aroma reconfortante do chá de cidreira preenchia o ar tranquilo da biblioteca, continuamos a conversa. Mergulhávamos nas máximas de Hermes Trismegisto e nas inúmeras camadas de compreensão que elas continham. E ela prosseguia:

— O caminho do meio é um triângulo. Esse caminho do meio está em um ponto mais elevado, mais próximo da sua identidade, do seu discernimento, da sua inteligência, ou seja, está em outro plano da base. É uma necessidade para não virar um joguete nas mãos das circunstâncias.

"O mundo é todo dual. Quando saímos na rua, dificilmente encontraremos pessoas equilibradas. Encontraremos pessoas eufóricas ou tristes. Equilíbrio é raro. Convivemos com extremos o tempo todo: ou está quente demais ou frio demais. Pessoas mal-humoradas demais ou eufóricas demais. Muita disposição ou pouca disposição. Concorda?" — perguntou a professora.

Concordei e segui questionando:

— E como lidar com as dualidades do mundo?

Professora Lúcia prontamente respondeu:

— Você só conseguirá se tiver equilíbrio dentro de si. Para lidar com as dualidades do mundo sem oscilar como uma bola de pingue-pongue, precisará encontrar um centro que permita não deixar de ser você mesma para ir ao mundo. Significa não se moldar pelas circunstâncias. Ou você é moldada pelo meio ou o molda. Compreende?

Respirei profundamente, tomei mais um gole de chá, e perguntei:

— Quem foram os grandes homens da história e por quais motivos?

A professora prontamente respondeu:

— Homens que fizeram história foram aqueles capazes de virar o jogo. Homens tão fiéis a si mesmos que, ao invés de serem moldados pelo meio, eles moldaram o meio. Reverteram o ciclo.

E seguiu:

— Essa é a ideia de Sri Ram: O caminho do meio não é evitar excessos, mas transcender os pares opostos. Um extremo gera o outro. Pelo princípio da polaridade, as coisas no mundo material são todas compostas de polos opostos. Não necessariamente contraditórios, mas aparentemente opostos. Então, se não tivermos muita consciência, ficaremos nesse joguete.

— E como é esse joguete? — perguntei logo.

— Esse é um fenômeno bem comum nas novelas, querida Joma. Fulaninho odeia Ciclaninha. E terminam juntos. Porque a polaridade, a paixão e o ódio, a rejeição e a atração na psique humana se adequam às polaridades do mundo. E, em geral, um oposto vai gerar o outro. Isso está dentro do princípio da polaridade do *Caibalion*[3] também. A medida do deslocamento à direita é igual à medida do deslocamento à esquerda. O ritmo compensa. O princípio do ritmo.

E eu, que já estava em pé e animada com a conclusão que me parecia muito inteligente, me despedi

---

3 O *Caibalion* é um livro esotérico publicado em 1908, atribuído a três autores anônimos que se autodenominam "Os Três Iniciados". A obra busca explicar os princípios da filosofia hermética, derivada dos ensinamentos creditados a Hermes Trismegisto.

da professora e perguntei se poderíamos continuar a conversa, que estava ficando muito interessante.

    A professora Lúcia logo confirmou que estaria disponível no dia seguinte, no mesmo local e horário. Mas dessa vez, com chá de camomila. Nos despedimos com um abraço apertado e seguimos para as nossas casas, em busca de descanso.

Quem vai ficar com o ursinho?

Na tranquila biblioteca, os livros alinhados nas prateleiras pareciam sussurrar promessas de aventuras e conhecimento. Naquele cenário, a professora Lúcia preparou uma xícara de chá de camomila, e enquanto o aroma suave misturava-se ao ar sereno, eu apareci. Animada e curiosa, como de costume.

Com um sorriso acolhedor, a professora me ofereceu uma xícara de chá. Aceitei com gratidão. Entre um gole e outro, a conversa adentrou o território de um dilema intrigante: a disputa entre duas crianças por um ursinho de pelúcia que ambas presenciamos mais cedo.

Os olhares fixos nas prateleiras repletas de livros davam espaço à reflexão sobre a resolução desse conflito.

Professora Lúcia, com uma expressão serena, começou a traçar um paralelo entre as crianças brigando e dois viajantes perdidos em uma floresta densa. Ambos lutavam para escapar do caos emocional, sem perceber a trilha elevada que os aguardava. Um caminho mais claro, que exigia uma perspectiva distante das emoções do momento.

Concordei, capturando a essência desse ponto de vista mais amplo. Era como se estivesse acompanhando a cena de cima, desapegada das correntes emocionais. Um degrau acima da disputa, não mais competindo pelo ursinho, agora podia sugerir uma saída equilibrada para as crianças.

Éramos como guias sábias, auxiliando os viajantes a encontrarem o caminho certo. Essa ideia ressoou na minha mente, e logo concluí que era uma maneira inovadora de lidar com conflitos e de ser a ponte entre perspectivas divergentes. Era como se, ao se elevar acima da situação, conseguíssemos enxergar claramente a solução que antes estava oculta.

A conversa prosseguiu, acompanhada pelo aroma calmante do chá. Exploramos mais profundamente a ideia da trilha elevada, da neutralidade que proporciona clareza. E à medida que as xícaras se esvaziavam, deixavam espaço não só para o chá, mas também para as lições compartilhadas.

Logo, a professora Lúcia prosseguiu com seus ensinamentos.

— Quando esses grandes mestres falavam do caminho do meio no passado, não significava ter um ponto de neutralidade. Significava estar acima. E assim vem o chamado princípio da neutralização, Joma.

Querendo certificar que entendi a lição, logo disse:
— Usando o episódio das duas crianças brigando pelo ursinho de pelúcia, em que cada uma estava puxando para um lado, só tem um jeito de resolver. Sendo mais madura que as duas crianças e não desejando o ursinho de pelúcia para si. Se desejar o ursinho, será uma terceira pessoa tentando puxar para si. Seria isso?

A professora, orgulhosa, confirmou:

— Exatamente. É preciso olhar de cima e sugerir alguma opção na qual as duas crianças possam brincar em harmonia, usando um degrau de neutralidade. E, nesse degrau, é possível harmonizar a polaridade do degrau inferior. E vai chegar um momento em que, nesse degrau, surgirá outra polaridade.

"Isso vai te obrigar a encontrar um outro degrau de harmonia em um nível superior. Assim, vão se formando triângulos ascendentes. Ou seja, a solução é crescer: encontrar um ponto de consciência mais elevada, acima daquele desejo que está gerando aquela polaridade.

"Acima daquela fragilidade e suscetibilidade que está gerando aquela polaridade. Se algo te pegou é porque você estava no mesmo nível que o outro. Se algo está te afetando é porque você estava no mesmo nível. Muito simples."

Lembrei-me rapidamente do jogo no ginásio de esportes da escola e usei o exemplo:

— Se eu arremesso uma bola em João e ele pega é porque estava da sua altura. Se tivesse alta ou baixa demais não pegaria.

— Perfeita reflexão, Joma. Precisamos nos colocar acima das coisas que nos afetam. Sri Ram diz que o caminho do meio é isso. Uma ponta de um triângulo. Só existe uma forma de superar as dualidades: colocar-se acima delas.

"Segundo ele, existe no mundo uma lei de ação e reação. Forças contrárias alternantes. Mente dual e ignorante. A ação é mais propriamente reação.

A natureza espiritual fica acima da dualidade. O homem tem uma mente. Ela funciona mais ou menos como se fosse um espelho. Ou ela se volta para cima e reflete o que é espiritual, que é uno e equilibrado, ou ela se volta para baixo e reflete aquilo que é material, que é dual e sempre oscilante.

"Quando ela se polariza no mundo material, quando se volta para baixo, como é mais ou menos o que temos hoje, a mente se torna um capacho dos desejos materiais, das nossas paixões, das nossas ambições, das nossas vaidades, dos nossos orgulhos feridos. Quando faz isso, ela reage mais do que age. É a perda da decisão de escolher."

— Eu escolho decidir — respondi animada.

A professora logo alertou que estava no horário de ir para casa, e caso não fosse, ficaria presa no trânsito por horas, e essa não seria uma decisão legal.

Sorrimos, nos despedimos e combinamos o encontro do dia seguinte. Dessa vez seria na biblioteca do centro de convenções, antes da palestra que a professora faria para os alunos da escola de filosofia.

Depende do vento!

No dia seguinte, nos encontramos mais uma vez, conforme combinado, na biblioteca do centro de convenções. O ambiente era tranquilo, com o agradável cheiro de alecrim pairando no ar. Sentamos junto aos livros empilhados, aguardando pela palestra que a professora Lúcia iria ministrar.

Com um sorriso, abri a conversa:

— Olá, professora! Como foi seu dia ontem? Estive pensando em nossas reflexões.

Enquanto aguardávamos, contei para a professora sobre um acontecimento anterior ao nosso encontro.

— Ah, a senhora não vai acreditar no que aconteceu hoje cedo. Lembra do João, aquele aluno bem-humorado? Ele me perguntou se eu viria na palestra de hoje. Quando respondi que sim, ele soltou uma resposta engraçada.

— E o que foi que ele disse? — a professora logo quis saber.

— Ele disse: "Depende". Eu fiquei confusa e perguntei do que dependia. E ele simplesmente disse: "Do que vai pintar". Parecia que ele estava comparando a palestra a uma pena ao vento.

A professora riu, apreciando a perspicácia.

— Essa é uma maneira bastante original de enfrentar as coisas. Como se a decisão dele fosse moldada pelas circunstâncias, como uma pena que é levada pelo vento.

— Exatamente — concordei. — É como se fosse um escravo do vento, sem vontade própria. Como a bolinha de bilhar. Para onde ela for empurrada, ela caminha. A vontade dela é a vontade do taco.

A professora concordou, refletindo sobre essa visão intrigante.

— Interessante como uma simples analogia pode trazer à tona questões mais profundas. Às vezes, também nos encontramos nesse estado de reação, em vez de agir com decisão.

— É verdade — segui. — Acho que a conversa de ontem realmente abriu meus olhos para como podemos tomar uma perspectiva mais elevada, como se estivéssemos olhando de cima, sem sermos arrastados por tudo ao nosso redor.

— Nós, como seres humanos, muitas vezes somos influenciados pelas circunstâncias, como a pena que é soprada pelo vento. Mas também temos a capacidade de ser a força que guia o vento, de tomar decisões conscientes — a professora ponderou.

Enquanto a conversa se desenrolava, a palestra da professora se aproximava. Compartilhamos uma conexão mais profunda, enriquecida pelas conversas diárias. E ali, na biblioteca, aguardávamos a palestra, ansiosas para mais aprendizados e inspirações.

Logo fomos para o auditório. A professora seguiu para o palco e eu sentei na primeira fileira de cadeiras. O ambiente estava carregado de expectativa, e o murmúrio dos alunos ecoava no espaço.

A professora, com sua calma habitual, começou a falar sobre o estoicismo, uma filosofia que buscava a virtude e a sabedoria como alicerces para uma vida plena. Suas palavras fluíam como um rio tranquilo, penetrando nas mentes ávidas por conhecimento.

Ela nos guiou pelos princípios estoicos, destacando a importância do controle sobre as próprias emoções, a aceitação das circunstâncias e a busca constante pela virtude. Cada palavra dela parecia esculpir uma escadaria para a compreensão mais profunda.

O encantamento se espalhou entre os presentes, como se estivéssemos todos sendo transportados para um plano superior de entendimento. A professora Lúcia não apenas transmitia conhecimento, mas também inspirava uma busca interna pela serenidade em meio aos desafios da vida.

O tempo parecia desacelerar enquanto absorvíamos as lições sobre a importância de cultivar a tranquilidade interior, independentemente das tempestades que a vida poderia nos oferecer. A plateia estava imersa na filosofia estoica, e cada conceito parecia acender uma centelha de clareza nas mentes curiosas.

Ao terminar a brilhante palestra, procurei a professora e combinamos um encontro no dia seguinte, mas dessa vez no horário e local de sempre: a nossa biblioteca.

Com gentileza e resistência!

E lá estava eu novamente, adentrando a acolhedora biblioteca, ansiosa para mais uma lição com a generosa professora Lúcia. Meus passos eram cheios de energia e, nas mãos, carregava um pequeno buquê de flores frescas, uma singela expressão de gratidão e admiração que queria compartilhar.

Ao me deparar com a professora, imersa em alguns livros, ofereci as flores com carinho, e ela expressou surpresa e emoção diante do gesto.

— Joma, isso é muito gentil da sua parte. Obrigada! — agradeceu.

Emocionada, respondi:

— De nada. — E, cheia de empolgação, já indaguei sobre as lições do dia.

A professora iniciou nossa conversa ressaltando como as reações humanas tendem a ser previsíveis, muitas vezes limitadas a poucas alternativas. Em situações de risco, como um encontro com um bandido, as opções frequentemente se reduzem a paralisia ou pânico. Ela enfatizou que a previsibilidade das pessoas se deve à tendência de reagir aos estímulos recebidos, em vez de fazer escolhas conscientes, deixando as circunstâncias ditarem suas ações.

Ela continuou sua explanação, abordando a noção de opostos no mundo. Destacou que alguns desses opostos não são verdadeiramente contrários, mas complementares — apenas aparentemente opostos devido à inconsciência e incompreensão.

— Por exemplo, masculino e feminino, espírito e matéria. A oposição surge quando não são percebidos e harmonizados pela consciência espiritual. Sobre a ideia de força e gentileza, entendo que é possível ser forte e gentil simultaneamente diante de situações desafiadoras, como em uma catástrofe.

Entusiasmada, concluí:

— Então, mesmo que pareçam opções opostas, na verdade são perfeitamente conciliáveis. É isso?

A professora respondeu afirmativamente, e a conversa evoluiu para as palavras de Platão sobre o papel do filósofo.

— Ele enfatizava a necessidade de ser aguerrido e animoso em situações práticas, mas também entusiasmado diante do conhecimento teórico. Platão destacava a dificuldade de unir esses dois perfis, observando que muitas pessoas são animadas em situações concretas, mas sonolentas diante do conhecimento, ou interessadas no conhecimento, mas tímidas diante das adversidades. Ele apontava que um verdadeiro filósofo deve ser ativo e entusiasmado com a vida, disposto, animoso e simultaneamente interessado pelo conhecimento.

Para testar meu entendimento, perguntei:

— Então, quando usamos esse espelho de uma maneira que reflete ambos os mundos, obtemos as qualidades de ambos. Parecem opostos, mas são, na verdade, complementares?

— Isso mesmo.

Ao longo da conversa, a professora explorou exemplos práticos, destacando como a gentileza e a resistência podem ser aliadas poderosas em diferentes contextos. Absorvi cada palavra dela, percebendo que a dualidade não implica necessariamente contradição, mas sim a complementaridade de forças.

Ao final da aula, me sentia revigorada, como se tivesse desbloqueado uma nova compreensão do equilíbrio entre extremos. A professora Lúcia agradeceu pelas flores; não apenas pelo gesto, mas pelo profundo simbolismo que elas representavam. Combinamos nosso próximo encontro no agradável parque da cidade, durante a habitual caminhada diária dela. Mal podia esperar por mais aprendizado e inspiração.

E se o cachorro latir?

Sob a brisa suave do parque da cidade, me reuni mais uma vez com a professora Lúcia. O cenário sereno do ambiente verde proporcionava um contraste tranquilo em relação à agitação cotidiana. Enquanto a professora continuava sua caminhada diária, eu estava ansiosa para absorver mais ensinamentos.

Com minha costumeira empolgação, perguntei à professora sobre o curioso método de escolha de bons guerreiros em civilizações passadas, como Esparta. Ela, com sua sabedoria e generosidade, respondeu, revelando que escolhiam os melhores guerreiros em tempos de paz. Optavam por aqueles que eram gentis, corteses e sociáveis, evitando problemas para a sociedade.

Curiosa, questionei:

— E o que será que havia por trás disso?

A professora explicou:

— Diziam o seguinte: o ser humano tem uma dualidade, do macio e do resistente. Se o ser humano usa o resistente o tempo todo, implacável com as pessoas, significa que ele usa o macio dentro dele o tempo todo. Exige muito pouco de si mesmo. Uma pessoa que vai para a guerra tem que estar pronta para confrontar a morte o tempo inteiro, pronta para nunca mais ver seus familiares. Isso exige muito, precisa ser muito dura dentro. E se essa pessoa não tem capacidade para ser dura consigo mesma, não suporta psicologicamente uma situação dessa.

A professora prosseguiu:

— Quem é duro fora, normalmente é brando demais dentro. Então eles queriam uma pessoa que em tempos de paz fosse extremamente gentil, obediente às leis. E nos tempos de guerra, tivesse uma grande capacidade de bravura e coragem. Os maiores têm os dois ao mesmo tempo.

Lembrando da carta do tarot que estava sobre a mesinha ao lado, compartilhei com a professora sobre um alquimista mesclando duas águas, representando o céu e a terra, questionando se seria um bom exemplo.

A professora, animada com minha astúcia, confirmou:

— Exatamente. Os verdadeiros sábios têm essa capacidade. Mesclam os dois mundos, encaixam as duas realidades. Não opõem, complementam. Não são verdadeiros opostos, são complementares.

Continuando, ela descreveu o sábio como alguém sensível, percebendo tudo ao seu redor, mas não suscetível ou influenciável.

— Ninguém pode contra aquilo que ele é. Porque aquilo que ele é, faz parte de uma decisão tomada de dentro para fora. E não o contrário. Então faça você o que quiser, cabe a ele decidir como vai responder.

Nesse momento, avistamos um cachorro latindo e correndo. A professora usou o animal como exemplo:

— Se você passa pela rua e um cachorro late para você, você vai latir para ele?

Achando engraçado, respondi:

— De forma alguma, professora. Ele é cachorro.

A professora gargalhou, concordando:

— Boa, garota. É isso. Ele é cachorro. Você é gente. Você não vai responder na mesma moeda. Você se mantém como ser humano. Porque as circunstâncias não podem ser capazes de te adulterar a ponto de você abrir mão de quem você é. Se alguém está irritado, estressado, triste, com problemas, você não precisa estar ou ficar. Você define quem é. E não as circunstâncias. Você não pode dar a terceiros a decisão de como vai responder à vida.

Compartilhei com a professora minhas reflexões sobre a capacidade do homem de manter a tranquilidade em todas as circunstâncias, ao mesmo tempo em que absorve cada experiência, registrando ensinamentos. Expressei a ideia de que nada, nenhum ser, passa por nós sem deixar sua marca, sem proporcionar algum aprendizado. Era como se cada interação, cada momento, fosse uma oportunidade de aprendizado e crescimento.

Ao discutir a figura do sábio, fui além das palavras da professora, tentando imaginar essa personalidade tão intrigante.

— Como poderia alguém ser extremamente sensível, preocupado com os outros, e ainda assim permanecer inabalável diante das dualidades do mundo?

Era uma harmonia que parecia desafiadora, mas a professora afirmou que um verdadeiro sábio poderia alcançar esse equilíbrio.

— Uma figura curiosa e difícil de imaginar. Normalmente, o que você imagina em uma pessoa que não se deixa afetar por nada? Insensível. Mas o extremamente sensível que não se deixa afetar por nada é a harmonia daqueles opostos que pensamos ser impossível. Um sábio consegue. Extremamente preocupado com os demais, mas ninguém é capaz de atingi-lo. Ele não se ofende, não se fere, não se abala, não deixa de ser o que é. Nem por medo, nem por desejo, nem por dor, nem por prazer, por nenhuma das dualidades do mundo manifestado.

Aprofundamos a conversa, relacionando nossas reflexões às ideias de Platão e Aristóteles sobre coragem. Focamos na dualidade do medo e do prazer, reconhecendo como, muitas vezes, perdemos o controle nessas situações, deixando-nos levar pelas circunstâncias.

A professora enfatizou que manter a lucidez e o domínio da razão diante desses extremos era a verdadeira coragem e disse:

— A ação proveniente da inteligência e da vontade, e não de pressões ou adulações, nos lembra bastante tanto Platão quanto Aristóteles, ambos falam sobre isso. Platão tem um conceito de coragem, no diálogo A *República*,[4] onde diz: "Coragem

---

4 A *República* é um dos diálogos mais importantes de Platão, escritos por volta de 380 a.C. Nele, o filósofo grego explora questões fundamentais sobre justiça, política, ética e a natureza da alma.

é manter a lucidez e o domínio da razão diante de situações-limite, como medo, desejo, dor e prazer", que, normalmente, são as situações que mais nos corrompem.

À medida que avançávamos na discussão, percebi como a dualidade, se não enfrentada com sabedoria, poderia enfraquecer o homem.

A professora falou sobre os pensamentos de Platão:

— Ele acreditava que, ao perdermos o centro, ao nos deixarmos arrastar pelas circunstâncias, tornávamo-nos vulneráveis e nossas decisões tornavam-se corajosas apenas na aparência.

E seguiu:

— Refletindo sobre a essência das ações humanas, percebemos que a verdadeira coragem e sabedoria emergem da inteligência e da vontade, não sendo influenciadas por pressões externas.

A professora exemplificou que uma decisão consciente, fundamentada nos princípios que definem quem somos, nos coloca no comando de nossas vidas. Pedi que ela aprofundasse mais no assunto, com algum exemplo. E ela prontamente atendeu:

— Imagine que, diante do medo, um sujeito entra em pânico e perde a cabeça. Não sabe mais quem é, não responde mais por ele. São expressões bem comuns, inclusive, muitas vezes usadas até com certo orgulho, mas é um sintoma de fraqueza. Ou, diante do prazer, de alguma coisa que gosta ou deseja demais, perde a cabeça e não responde por si. Quem responde por ele, então? Ninguém? Então, esse sujeito é um irresponsável que não responde por si próprio. Ou seja, sai da cabine de comando e se deixa arrastar pelas circunstâncias. É a dualidade que faz com que o homem seja débil.

— Quando ele responde às circunstâncias fora de si, só essa atitude já significa que é um covarde?

A professora concordou e disse que eu estava entendendo perfeitamente a linha de raciocínio do que ela falava.

— Então, o que a sociedade considera como corajoso na maioria dos casos é, na verdade, um impetuoso? — perguntei.

— Exatamente — respondeu a professora. E seguiu: — Muitas vezes, se trata de um estúpido que desperdiça circunstâncias da vida por nada. Toda ação é proveniente da inteligência e da vontade. Há uma decisão consciente, que se parasse a cena e perguntasse em que princípio aquilo está fundamentado, seria capaz de te expor. Uma decisão que parte de dentro, daquilo que ele é.

—A verdadeira força provém da autenticidade e da consciência? É isso?

— É isso, querida Joma. É bem isso.

À medida que a tarde se desenrolava, senti-me enriquecida pelas lições. A professora Lúcia expressou sua alegria com minha evolução nas reflexões, deixando-me curiosa sobre as profundezas que ainda poderíamos explorar em nossa jornada filosófica.

Senti-me profundamente agradecida pelo encontro que a vida me proporcionou. Mesmo com tantos desafios de adaptação naquela cidade caótica, estava confiante de que tudo tinha um propósito maior e o caminho da sabedoria estava apenas começando.

Currículo filosófico?

Ainda naquela tarde no parque, enquanto caminhávamos entre as árvores, a professora Lúcia compartilhou um exercício filosófico que sempre recomendava a seus alunos. Era como se uma porta se abrisse para uma nova compreensão de mim mesma.

— De vez em quando, pegue uma folha de papel e escreva para você mesma um currículo filosófico. Quem é você? Quais são seus atributos? Como você responde à vida? Como acredita que deve responder à vida? Essas são questões fundamentais.

A sugestão dela me fez refletir sobre a pressão das circunstâncias e comentei que, muitas vezes, nos perdemos no que a sociedade espera de nós. De como é fácil nos afastar de quem realmente somos, cedendo às expectativas externas.

— Isso é perda de inteligência — ela continuou, explicando que inteligência significa "escolher dentre" e se achar no meio daquilo que realmente somos. É sobre conhecer a si mesmo e sempre responder a partir dessa compreensão.

Pensamentos e sentimentos vindos de dentro, refleti enquanto caminhávamos.

A professora falava sobre solidão, mas não isolamento.

— É a capacidade de ir até a natureza interna do outro, estabelecendo um contato real. A profundidade de alguém permite que ele se conecte com a profundidade do outro.

— Isso é interessante perceber — comentei, tentando absorver cada palavra. — A maior parte da humanidade é muito superficial em relação a si mesma. Que tipo de relação estabelecemos? Paixão ou rejeição. Desejo ou repulsa. Relações superficiais.

A professora Lúcia destacou a impossibilidade de ser profundo em relação ao outro quando não é profundo em relação a si mesmo. Era como se ela desvendasse camadas invisíveis da existência humana. Tudo por onde passamos é visto superficialmente quando não exploramos a profundidade dentro de nós mesmos.

Aquela conversa, acompanhada pelo som suave da natureza ao nosso redor, abriu novas perspectivas sobre como enfrentar a pressão externa e buscar a verdadeira autenticidade. No final da tarde, enquanto o sol se punha com uma beleza esplêndida, senti-me revigorada pela sabedoria compartilhada pela professora Lúcia.

E ela perguntou:

— Com quem você realmente esteve na sua vida? Já fez essa pergunta? Com quem você esteve de fato e profundamente? Quais foram as relações que estabeleceram contato de sempre ser presença? De tal maneira que os dois tiveram um impulso pra cima a partir desse relacionamento? Com quem você esteve? Onde você esteve?

Contei para a professora sobre o meu desejo de conhecer o mundo. Viajar para vários lugares. Conhecer bibliotecas, livrarias e cafés.

E ela aproveitou o assunto e seguiu:

— Viajar é uma ocupação muito interessante. Aqueles que já fizeram viagens e que gostam de viajar, também deveriam se fazer esses questionamentos. A maneira que muitas pessoas se comportam em viagens é como se estivessem em qualquer lugar. E isso faz com que essa experiência que poderia ser valiosa não tenha sentido.

E continuou:

— Não precisa cruzar o mundo, ir às pirâmides do Egito, para se comportar de forma superficial. Bom! Onde você realmente esteve? Em que profundidade? De tal maneira que o espírito daquele local, as ideias que o originaram, causaram um impacto capaz de gerar uma reflexão, uma elevação de consciência? Onde você esteve de fato? Ou simplesmente foi para tirar fotografia? Não acha isso curioso?

Naquele momento me lembrei de uma colega que estava em Machu Picchu e postou diversas *selfies* em sua rede social. Comentei sobre o fato com a professora e pedi a sua opinião.

— Não sei se é o caso da sua colega, mas já vi registros de várias pessoas subindo em um altar para tirar fotografia e fazer *selfie*. Convenhamos. É um altar. Um templo. Pessoas carregaram pedras gigantescas para fazer isso. O que os lugares estão oferecendo para essas pessoas? O que essas pessoas estão oferecendo aos lugares? Porque um pouco delas também fica impregnado onde estiveram.

Concordei com a professora e perguntei sobre o que podemos deixar nesses lugares.

— Se você é superficial, as suas pegadas não vão ficar em lugar nenhum, nem dentro das pessoas, nem nos lugares. Porque as coisas mais belas do mundo, dentro da construção humana, são pegadas de homens que souberam deixar algo deles impregnados nos lugares. E nós, estamos deixando o quê? Será que estamos deixando apenas as embalagens das coisas que consumimos?

— É realmente lamentável, professora — respondi assim que ela concluiu a reflexão.

Perguntei sobre solidão, porque estava me sentindo muito desconfortável com o meu grupo da escola nos últimos dias, e ela me trouxe um ponto de vista:

— Solidão não é uma coisa má, querida Joma. Isolamento, sim! Solidão é estar consigo mesmo para, a partir daí, estar com o outro. É a profundidade da sua conexão consigo mesmo que permite uma verdadeira conexão com os outros.

Eu a escutava atentamente, absorvendo suas palavras enquanto ela continuava sua explicação.

— Isolamento, por outro lado, é estar na superfície, na curva da pele. Não é estar nem consigo mesmo; portanto, não está com ninguém. São as pessoas mais carentes e, ao mesmo tempo, mais voláteis e volúveis, que não conseguem se reter em nada. Nada satisfaz.

Aquelas palavras me impactaram, fazendo-me refletir sobre minha própria jornada de autoconhecimento. Questionei sobre a ideia de profundidade e como isso se relacionava com as relações humanas. Ela prosseguiu:

— Precisamos ser capazes de penetrar na alma de alguém. Imagine que você passa por uma multidão e nada te satisfaz, isso é chamado de superficialidade. Por outro lado, a natureza da mente e do coração puro responde a mais leve vibração, sem a menor resistência. Tudo a atravessa e não a fere. Ou seja, você é tremendamente flexível no sentido de perceber tudo à sua volta.

A compreensão sobre a diferença entre solidão e isolamento começava a se desdobrar diante de mim, guiada pelas palavras da professora Lúcia. Era como se eu estivesse desvendando segredos profundos sobre a natureza humana e as complexidades das relações.

O sol desapareceu no horizonte. Fui para casa reflexiva.

O mistério do ramo
de relva verde

No dia seguinte, retornei à biblioteca ansiosa para mais uma jornada filosófica com a professora Lúcia. O silêncio suave do lugar era como uma sinfonia de conhecimento, e eu me sentia envolvida pela atmosfera tranquila enquanto procurava por nossa mentora sábia entre as estantes de livros.

Encontrei-a em um cantinho aconchegante, cercada por obras antigas e clássicos atemporais. A professora Lúcia sorriu calorosamente quando me aproximei, sinalizando que ali seria o local perfeito para nossa próxima exploração.

— Professora, estive pensando mais sobre nossa última conversa e sobre o equilíbrio entre a solidão e as relações humanas. Em uma de suas aulas, a senhora mencionou um episódio do épico indiano *Ramayana*[5] que achei fascinante. Pode compartilhar mais sobre essa passagem e como ela se conecta com nossas vidas?

A professora Lúcia acenou afirmativamente, sinalizando que estava pronta para compartilhar.

---

5   O *Ramayana* é um dos épicos mais antigos e influentes da literatura indiana, composto por Valmiki. Ele narra a história do príncipe Rama, que luta contra o rei demônio Ravana por ter sequestrado sua esposa Sita. O texto aborda temas centrais da cultura hindu, como o dever (*dharma*), a devoção e a virtude.

— Ah, o *Ramayana*! Uma fonte rica de sabedoria. A passagem do rei da Selva é realmente uma pérola. Dizem que ele tinha uma ligação tão forte com a natureza que entendia a língua dos animais e dos quatro elementos.

"Um dia, ele estava conversando com um príncipe e disse: 'Uma vez, ouvi o oceano conversando com os rios. O oceano falou: *Vocês já me trouxeram aqui caniços de bambu, troncos de árvores que disseram que nunca se romperiam, e se romperam. Já me trouxeram de tudo, mas nunca chegou até mim um ramo de relva flexível.* E prosseguiu: *Por que nunca o vento foi capaz de arrancá-lo? Ele dança com o vento e, portanto, não se deixa arrancar, não se deixa mutilar*'.

"E o motivo é simples: o ramo de relva tem flexibilidade para se adaptar ao vento, fluir junto com ele. Nunca o vento conseguiu arrancá-lo. Por isso, os rios nunca levaram até ele um ramo de relva verde."

A professora finalizou a história contando que achava muito bonita essa passagem. E que, fora de contexto, talvez não se perceba a poesia que é.

— Assim como a relva verde, o homem sábio é capaz de penetrar nas complexidades da vida, sentindo as nuances e mistérios ao seu redor. Ele registra cada impressão profundamente, mas, crucialmente, não perde a essência de quem é para se conectar com os outros. A flexibilidade do entendimento, a capacidade de fluir sem se deixar levar, é o que mantém a autenticidade nas relações humanas — acrescentou ela, conectando a antiga narrativa à nossa busca por compreensão mais profunda.

Refletindo sobre as palavras da professora, continuei nossa conversa.

— Então, a flexibilidade e a profundidade interna não apenas nos fortalecem individualmente, mas também são fundamentais para nutrir relações significativas com os outros. É como dançar com o vento da vida, mantendo a integridade?

A professora Lúcia concordou:

— Exatamente, Joma. A sabedoria está na capacidade de ser flexível, de se adaptar, sem perder a essência. É o equilíbrio delicado entre a conexão profunda consigo mesmo e a habilidade de se relacionar autenticamente com o mundo ao nosso redor.

Naquela biblioteca repleta de conhecimento, continuamos explorando os tesouros das palavras e conceitos, descobrindo mais sobre a sabedoria que permeia as histórias antigas e como ela continua a iluminar nosso caminho no presente.

Lembrei de um episódio desagradável que tinha me acontecido no intervalo da aula, e perguntei a professora sobre o que devemos fazer quando somos ofendidos.

A professora Lúcia, com seu olhar tranquilo e experiente, acenou compreensivamente.

— Ofensa? O que vem a ser uma ofensa que nos fazem? — ela ponderou, convidando-me a explorar a raiz desse desconforto.

Ela então trouxe à tona a metáfora do condutor elétrico, destacando como a resistência do "pequeno eu" — o condutor — é o que nos faz ser afetados por voltagens externas, ou seja, pelas palavras e ações dos outros.

— O "pequeno eu", esse pinguinho de matéria orgânica que isolamos no mundo, é como se fosse uma opção egoísta. Uma personalidade que escolhemos identificar como "eu". Ao nos tornarmos rígidos nessa identificação, somos pegos, afetados pelas circunstâncias e pelas palavras dos outros — explicou a professora Lúcia, trazendo clareza à dinâmica entre a resistência e a vulnerabilidade espiritual.

E compartilhou uma experiência pessoal:

— É interessante isso. Uma experiência própria: quando comecei, há muitos anos, a dar aula na escola de filosofia, achava curioso que, ao cruzar uma porta para encarnar uma instituição ou uma ideia (naquele caso, para conduzir o encontro), as pessoas não me atingiam de jeito nenhum, fizessem elas o que fizessem.

"Agora, quando eu saía daquele ambiente e encarnava novamente a Lúcia, elas me atingiam. É como se, de uma certa maneira, eu deixasse a Lúcia pendurada na porta e vestisse uma ideia, um ideal. Esse ideal é como se fosse algo muito flexível, muito amplo, que não quer tirar nada de ninguém, que não acha que tem a verdade e não tem rigidez.

"Isso me fez refletir sobre a importância de nos identificarmos com atributos e princípios, em vez de nos limitarmos a acidentes particulares da natureza. Se nos identificarmos com atributos e princípios, ninguém nos ofenderia. Se eu sou um ser que tem como meta atingir a justiça, a fraternidade, a bondade e a unidade, não tem como ofender um ser assim. É um ser tremendamente flexível" — resumiu ela, destacando a importância de cultivar uma identificação mais profunda e ampla.

Essa conversa na biblioteca continuava a revelar camadas mais profundas do entendimento sobre a natureza humana, deixando-me ansiosa para absorver mais lições valiosas da professora Lúcia. Resolvi pedir que ela contasse outra história e ela concordou.

— Há uma passagem que fala de um dique de castor dentro de um rio. O castor, apesar de poder viver em todo o rio, opta por romper um tronco de árvore, separando um pequeno cantinho para construir seu dique. Ele enche esse espaço com troncos de árvores, criando seu próprio domínio lamacento e cheio de folhas. E por quê? Porque ali é dele. O resto do rio, não. Ele precisa limitar-se a um pedacinho, enquanto poderia ter o rio todo.

A professora continuou utilizando essa metáfora para ilustrar a psicologia humana.

— Nós vivemos a psicologia de dique de castor. Um pouquinho de matéria orgânica que vive setenta anos. Só isso aqui sou eu — destacou ela, enfatizando a tendência humana de se apegar ao "pequeno eu". — Todo meu esforço é para fazer todo mundo achar que só isso aqui é especial. E todo meu esforço será investido nisso.

A comparação com o castor construindo seu dique ressaltava a fixação que muitos têm em acumular troncos, folhas e memórias dentro desse espaço limitado, declarando: "Esse aqui é o pequeno eu. Essas coisas que aconteceram, aconteceram comigo.

Essas coisas são minhas, essas me traumatizaram, essas eu desejo, essas não".

A professora Lúcia observou que julgar o mundo a partir desse elemento periférico é como perder a oportunidade de ser algo fluído e muito maior.

— Os homens que se tornaram especiais foram aqueles que trabalharam para coisas muito maiores do que eles mesmos. Foi quem trabalhou para causas muito maiores que seus interesses egoístas. Esses fizeram história. Esses fizeram diferença — concluiu ela, deixando no ar a reflexão sobre a importância de ir além das limitações autoimpostas e buscar algo mais significativo e grandioso.

Ao refletir sobre as palavras sábias da professora Lúcia e os ensinamentos metafóricos que ela compartilhou, senti uma conexão profunda com as lições filosóficas que havia estudado anteriormente. Enquanto absorvia as reflexões sobre as limitações autoimpostas e a propensão humana para se apegar ao "pequeno eu", minha mente trouxe à tona um trecho das ideias de Platão.

Lembrando das palavras de Platão, comecei a compartilhar com a professora:

— Pude perceber que ele define o homem pelo seu ideal de vida. Quem somos nós? Somos aquilo que está no horizonte, nosso ideal de vida. Não somos um monte de definições: nome, endereço, telefone ou CPF. Somos a meta ou ideal que pretendemos atingir. Isso é fluido e sempre nos dá oportunidade de avançar.

Ao mencionar Platão, busquei expressar a visão de que a verdadeira essência do ser humano não está contida em rótulos ou características superficiais, mas sim na busca constante por um ideal mais elevado. Essa abordagem fluída e dinâmica centrada no horizonte do ideal oferece uma oportunidade contínua de crescimento e evolução. Inspirada por esses pensamentos, percebi que, assim como o castor que limita seu espaço, muitas vezes as pessoas também se restringem, esquecendo-se de que sua verdadeira identidade está na jornada em direção ao ideal que desejam alcançar.

A professora Lúcia, ao ouvir minha interpretação das palavras de Platão, contemplou por um momento e, em seguida, compartilhou uma conclusão ponderada.

— Joma, é fascinante perceber como essas ideias antigas continuam a ressoar conosco, transcendendo séculos. A busca do ideal, como Platão propôs, é realmente uma jornada que nos define. Se observarmos atentamente, vemos que essa busca é a própria substância da vida. E, ao ouvir suas reflexões, vejo como você compreendeu profundamente a importância de se libertar das limitações autoimpostas, como o castor que constrói seu dique estreito.

Ela continuou:

— Assim como o "pequeno eu", o dique do castor restringe a visão e a liberdade. Nossas autodefinições limitadas nos impedem de abraçar plenamente o horizonte do nosso ideal. A verdadeira essência, como você destacou, está na fluidez da jornada em direção ao que aspiramos. Tal como o rio que flui em direção ao mar, somos impulsionados pela busca constante do nosso ideal, encontrando a verdadeira realização na jornada, não apenas na chegada.

Essa conclusão sábia da professora Lúcia ecoou em minha mente, reforçando a compreensão de que a verdadeira grandeza reside na busca do ideal e na constante expansão de nossos horizontes interiores.

"Meu filho tem razão!"

A professora Lúcia havia me convidado para conhecer um café que também funcionava como livraria, um lugar que ela apreciava muito. A proposta soou como uma melodia agradável aos meus ouvidos, e eu prontamente aceitei o convite. Afinal, a ideia de explorar um espaço que combinava café e livros despertava minha curiosidade e prometia uma experiência maravilhosa.

No horário combinado, pontualmente, eu estava lá, ansiosa para descobrir os encantos desse lugar especial. Assim que entrei, fui recebida pelo aroma acolhedor do café recém-preparado e pelos corredores repletos de estantes carregadas de livros. A atmosfera convidativa me envolveu, e pude perceber a paixão da professora por aquele local.

Encontramos uma mesa próxima à janela, onde a luz suave do final da tarde realçava o ambiente aconchegante. A professora Lúcia, com seu sorriso caloroso, compartilhou histórias sobre os livros que havia descoberto ali ao longo do tempo. Cada obra tinha uma narrativa única, e eu absorvia suas palavras com interesse.

Enquanto aguardávamos as nossas xícaras de café, ela começou a me falar sobre os diferentes temas que encontrava ali, desde filosofia até poesia, passando por obras clássicas e contemporâneas. Era como se as estantes fossem portais para diferentes mundos, cada um oferecendo uma oportunidade única de aprendizado.

O café, com sua atmosfera vibrante e agradável, transformou-se em um cenário propício para conversas profundas. A professora Lúcia, com sua sabedoria, guiava-me por reflexões que se entrelaçavam com as palavras de filósofos, lições da natureza e os mistérios da mente humana. Era um diálogo que fluía como as páginas de um livro bem escrito.

Ao observar as prateleiras cheias de conhecimento e as pessoas imersas em suas leituras, compreendi a singularidade desse lugar. O café-livraria tornou-se mais do que um espaço físico; era um refúgio para mentes inquietas, um convite à exploração e uma celebração da busca constante pelo conhecimento.

Naquele encontro, enquanto compartilhávamos pensamentos e ideias, percebi que estava diante de uma oportunidade única de crescimento pessoal. O café-livraria não era apenas um local para apreciar boa literatura e café requintado, mas também um espaço onde as mentes se entrelaçavam, gerando diálogos que ecoavam além das páginas dos livros.

E assim, eu aguardava ansiosamente as próximas páginas desse capítulo em minha jornada ao lado da professora Lúcia. Enquanto apreciávamos nossas xícaras de café, ela retomou a narrativa com uma reflexão profunda sobre o estado de equilíbrio. Seus olhos brilhavam com a paixão de quem compartilha conhecimento, e suas palavras fluíam como uma melodia sábia.

— O estado de equilíbrio é como uma calmaria serena que permanece inalterada diante das tempestades da vida. Reage igualmente ao amigo ou ao inimigo, ao êxito e ao fracasso. É a capacidade de aceitar o que surge e agir conforme o que deve ser feito em qualquer circunstância.

Enquanto ouvia atentamente, percebi que ela estava prestes a lançar luz sobre a essência desse estado de equilíbrio, destacando sua importância na aplicação justa de princípios.

— Uma pessoa que alcança o estado de equilíbrio é capaz de aplicar um princípio em qualquer circunstância com justiça. No entanto, quando a pessoa parte do "pequeno eu", ela já não consegue fazer isso.

A analogia que ela trouxe em seguida ressoou profundamente em mim. Era um exemplo claro e vívido que todos poderíamos compreender.

— Pense em alguém que tem um apego muito grande a outra pessoa, como um pai em relação a seu filho. Se o filho comete um erro, as regras para ele serão muito tênues. Mas as regras para o filho do vizinho serão duríssimas. Não é assim? Por quê? Porque as regras que essa pessoa aplica não partem da justiça, mas sim de seus interesses pessoais.

Enquanto absorvia essa explicação, olhei ao redor da livraria, observando as diferentes pessoas imersas em seus mundos literários. A professora Lúcia prosseguiu, conectando esses conceitos à vida cotidiana, tornando a filosofia uma ferramenta prática.

— É fácil perceber que, quando agimos a partir de interesses pessoais, nossa visão de justiça se torna distorcida. O estado de equilíbrio, por outro lado, nos liberta dessas amarras, permitindo-nos aplicar princípios com justiça, independentemente de quem está envolvido.

Naquele ambiente sereno da livraria, aquelas palavras ecoaram em minha mente, fazendo-me refletir sobre a importância de cultivar o equilíbrio interior para agir com justiça no mundo exterior. O café e os livros tornaram-se testemunhas silenciosas desse diálogo enriquecedor que se desenrolava entre a sabedoria da professora Lúcia e a minha busca por compreensão.

E ela continuou:

— Sabe, Joma, eu me lembrei de uma situação interessante que testemunhei uma vez. Era um acidente de trânsito envolvendo um garoto muito jovem. Quando o pai chegou, em vez de questionar o que aconteceu, ele simplesmente afirmou que o filho estava certo, não importa o quê.

— Isso é intrigante, professora. E o que passou pela sua mente ao ver essa cena?

— Bem, fiquei refletindo sobre a abordagem do pai. Perguntei a mim mesma se essa atitude realmente beneficiaria o crescimento do garoto.

— E o que a senhora acha que teria sido mais construtivo nessa situação?

— Acho que descer do carro e apoiar a justiça, independentemente da relação familiar, teria sido mais construtivo. É uma questão de onde colocamos o foco do julgamento do mundo.

Entendi. E comentei que, ao que parecia, o pai focou na relação pessoal, no vínculo com o filho, enquanto deveria ter focado em princípios e valores.

— Sim, Joma. Muitas vezes, julgamos o mundo com base em nossa personalidade, desejos e conexões pessoais. Escolher focar em princípios e valores, em vez de nos deixarmos guiar apenas por relações pessoais, faz toda a diferença.

Refleti que isso não só enriqueceria nossa própria vida, mas também teria um impacto positivo nas vidas ao nosso redor.

A professora concordou e disse que essa abordagem organiza o mundo de uma maneira que não apenas enriquece nossa jornada pessoal, mas também influencia positivamente aqueles que nos cercam. O modo como dirigimos nossa consciência e interagimos com o mundo faz diferença.

Lembrei da história da moça que ia à banca de jornal todos os dias, e compartilhei com a professora. Perguntei se ela se recordava.

— Sim, Joma! A história do jornaleiro mal-humorado. O que aconteceu?

Contei que essa moça continuava sendo gentil, mesmo quando o jornaleiro a tratava mal. Isso se repetiu várias vezes. Um dia, um vizinho questionou por que ela mantinha essa atitude, considerando que o jornaleiro sempre respondia de forma mal-humorada.

— Interessante! E qual foi a resposta?

Ela disse que não ia dar ao jornaleiro o direito de decidir como ela trata as pessoas. A decisão era dela, não dele. Ela não delegaria a ninguém o direito de determinar como deveria tratar as pessoas. Isso fazia parte dos princípios dela, uma decisão profunda que ela tomou diante da vida e que não permitiria que ninguém mudasse.

— Que história incrível, Joma! Isso reflete a importância de manter a integridade e a bondade, independentemente da forma como somos tratados. O que você achou dessa lição?

— Achei inspiradora, professora. Mostra que podemos escolher como agir, independentemente das circunstâncias. Nossas ações são reflexos dos nossos princípios.

— Com certeza, Joma. É uma lição valiosa sobre a autonomia que temos sobre nossas escolhas e atitudes. Obrigada por compartilhar essa história. Entendo que a mente e as reações pouco conscientes vão gerar essas reações polarizadas, previsíveis e mecanizadas. Por isso, normalmente a decisão de um sábio é surpreendente. E não nasce daquilo que todo mundo costuma fazer nessas circunstâncias, nasce de uma decisão profunda baseada em inteligência, vontade e amor.

O repetidor de receita!

Enquanto estávamos no café, a professora Lúcia me fez um convite:

— Joma, já que temos o dia livre, que tal explorarmos algo especial? Tenho uma ideia que pode tornar nossa folga ainda mais interessante.

— Claro, professora! Estou curiosa, o que propõe?

— Que tal assistirmos a uma peça de teatro sobre a obra de Helena Blavatsky?[6] Será uma maneira única de aproveitar nosso tempo livre.

— Helena Blavatsky? Isso parece incrível! Eu adoraria!

— Que bom, Joma! Vamos aproveitar ao máximo essa pausa inesperada e torná-la educativa e memorável. Estou ansiosa para compartilhar esse momento com você.

Enquanto a professora dirigia para o teatro, continuamos as nossas conversas, e ela contou:

— Platão tem um livro, e um dos diálogos dele, que chama *O Político*,[7] diz o seguinte: imagine que você vai ao médico e recebe uma prescrição. O médico pede que você tome os remédios por três meses.

---

6   Helena Petrovna Blavatsky (1831-1891) foi uma figura influente no esoterismo moderno e cofundadora da Sociedade Teosófica. Seus escritos, como *A Doutrina Secreta* e *Ísis sem véu*, abordam temas como metafísica, filosofia oriental e espiritualidade, buscando reconciliar ciência, religião e filosofia.
7   *O Político* é um dos diálogos de Platão, escritos por volta de 360 a.C., que discutem a natureza da política e o papel do governante ideal.

Daqui a dois meses, você volta e ele diz: "Olha, você já está muito melhor, não precisa mais dessa prescrição". E você responde: "Não, mas isso é uma lei que eu tenho que aplicar por três meses e você não pode mudar". O médico então diz: "Mas é ridículo porque eu que criei a lei, por ver o seu estado de saúde, e eu sou capaz de mudá-la". Pergunto: quem é rígido na aplicação da lei?

Respondi:

— Aquele que não sabe por que ela foi criada?

— Perfeito! Aquele que não sabe por que ela foi criada. Não tem discernimento, então não tem a capacidade de mudá-la. Nesse caso, tomará a prescrição eternamente. Por qual motivo? Por não saber de onde nasceu essa prescrição. Não tem inteligência. Não tem profundidade suficiente para saber quais foram os princípios universais que foram aplicados naquele caso. Ou seja, o que ele faz é uma inércia em função daquilo que sempre foi feito e do que todo mundo faz. Não parte de uma decisão inteligente e íntima, fundamentada em princípios universais.

— Então uma coisa seria o médico? Outra seria o repetidor de receita? – perguntei.

E a professora concluiu:

— Muitas vezes na vida, em relação às nossas crenças humanas, valores, crenças políticas, religiosas e artísticas, somos apenas repetidores de receitas. E precisamos ser verdadeiros e competentes médicos das nossas questões.

Questionei como é o homem que conhece profundamente as coisas.

— Em geral, é humilde e puro. Capaz de conversar com uma criança, sem simulação e sem forçar a barra. Existe um princípio que diz que o homem sábio, quanto mais sábio fica, mais humilde é. O homem meramente arrogante, quanto mais conhecimento tem, mais arrogante fica. O sábio é sempre mais humilde. Ou seja, quanto mais conhecimentos profundos ele tem, será mais disposto a aprender. É aberto à vida, ao novo. E toda circunstância para ele é uma vontade de conhecer.

— O homem sábio ama os outros, apesar de saber das instabilidades do caráter humano?

— Ótimo questionamento, Joma. Sim! O homem sábio não deixa de confiar. Isso não significa que ele seja bobo ou que não seja capaz de ser duro numa situação que a dureza seja necessária, ou brando quando a circunstância exige. Mas ele faz as duas coisas sem deixar de amar.

— Ah, professora, me lembrei de um trecho da sua palestra, que dizia que não é possível penalizar uma pessoa se não a ama. Sem amor, será vingança. E provavelmente será desproporcional.

— Exato, Joma. Por que um pai pode ser justo ao penalizar uma criança que fez uma travessura? Porque a ama. Ou seja, só faz o que está na medida para que ela entenda que não pode fazer de novo. O problema é que, em nosso momento histórico, não conhecemos muito bem o sentimento de amor. Amor tem sido sinônimo de demagogia: faça o que fizer aquela pessoa que eu amo, eu sempre agrado, sempre adulo e sempre aprovo. Isso é um passo e tanto para a deformação do caráter. Quem ama é duro quando é necessário dureza. É brando quando é necessário brandura. Sempre acredita na possibilidade de crescimento e recuperação daquele ser humano.

Ao adentrarmos o teatro para presenciar a peça, uma onda de emoção percorreu meu ser antes mesmo de as cortinas se abrirem. A grandiosidade do palco, as luzes suaves criando uma atmosfera única e a expectativa do espetáculo iminente contribuíram para um sentimento profundo de antecipação e encantamento. O teatro, envolto em uma aura de arte e cultura, já prometia uma experiência inesquecível.

O espetáculo foi verdadeiramente impressionante. A atuação da atriz transmitia não apenas os fatos da vida da protagonista, mas também capturavam a essência de suas ideias e ensinamentos. A cenografia e os figurinos contribuíram para criar uma ambientação envolvente.

Cada cena era carregada de emoção, fazendo-me refletir sobre a força de suas convicções e a coragem necessária para desbravar novos horizontes em uma época tão desafiadora.

A iluminação e os efeitos sonoros também desempenharam um papel crucial, intensificando a atmosfera emocional do espetáculo.

Ao final da apresentação, fiquei com uma sensação de gratidão por ter testemunhado não apenas um espetáculo teatral, mas uma representação viva e inspiradora da vida e legado de Helena Blavatsky.

Plateia para a mediocridade?

No dia seguinte, acordei animada e ainda em êxtase pela experiência do dia anterior. A peça sobre Helena Blavatsky deixou uma marca tão profunda que suas imagens e lições ressoavam em minha mente como um eco inspirador.

Me arrumei rapidamente, mal podendo esperar para compartilhar minhas impressões com a professora. Cada detalhe da apresentação ainda pulsava em mim, alimentando minha curiosidade pelos ensinamentos filosóficos.

Cheguei à escola ansiosa, com um brilho nos olhos que denunciava minha empolgação. Durante as aulas, meu pensamento não podia deixar de divagar sobre as profundezas das lições valiosas aprendidas naquela noite no teatro.

Ao fim do dia, corri para a nossa biblioteca costumeira, ansiosa para compartilhar com a professora as reflexões que a peça havia despertado em mim. A biblioteca, nosso refúgio de conhecimento, estava prestes a se transformar em um espaço ainda mais especial de trocas e descobertas.

Quando entrei na biblioteca, avistei a professora sentada próxima à janela, imersa em suas leituras, com uma garrafa de chá e biscoitos sobre a mesa.

Aproximei-me com entusiasmo, e a professora ergueu os olhos, cumprimentando-me com um gesto carinhoso. A mesa estava organizada com a simplicidade de uma reunião informal entre duas almas dispostas a compartilhar conhecimentos.

— Como passou, querida Joma?

— Maravilhosamente bem, professora.

— Joma, antes de você chegar, encontrei um livro incrível que gostaria de compartilhar contigo. É um clássico *Ramayana*, que tem uma perspectiva fascinante sobre a justiça e a transformação humana.

"Ela fala sobre um bandoleiro, assaltante de estrada, que foi resgatado por um mestre de sabedoria. Isso nos ensina algo valioso: nunca devemos perder a fé no ser humano, independentemente de suas escolhas passadas.

"A narrativa destaca as antigas tradições de mestres e discípulos, onde o mestre via não apenas o que a pessoa era naquele momento, mas também o eu potencial futuro. Ele ajudava a revelar essa possibilidade, mantendo uma visão lúcida do que ela era no presente."

Lembrei da nossa conversa no dia anterior, quando falamos sobre a justiça, que, segundo essa perspectiva, precisa ser permeada pelo sentimento de amor. E disse à professora:

— Sem esse amor, a justiça corre o risco de se tornar vingança, de perder sua humanidade e sua natureza educativa. Não é isso?

— Isso mesmo, Joma. Podemos, inclusive, levantar uma reflexão sobre nosso sistema penal atual, que muitas vezes parece mais uma vingança coletiva do que um caminho para a recuperação e transformação.

A ausência de amor nesse contexto dificulta a possibilidade de recuperação dos infratores. O amor é resposta à beleza interior, à luz oculta nos seres. Rejeição é resposta do "pequeno eu".

Lembrei de uma frase interessante que o meu professor disse dias atrás e contei para a professora: "Quanto mais dentro, mais fora".

E a professora logo interpretou:

— Quando se ouve essa frase, parece sem pé nem cabeça. No entanto, nesse contexto faz muito sentido. Quanto mais dentro, mais fora. Quanto mais vejo o outro, mais eu conheço e domino a mim mesmo. E quanto mais fiel a quem realmente sou, mais próximo do coração do outro eu chego. Muito belo, Joma.

— E por falar em ficar mais próximo do coração, professora, o que seria o amor?

— Veja essa definição do amor, Joma. É a resposta à beleza interior, à luz oculta nos seres. Se você não toca essa beleza interior do outro, o que você tem não é amor. É uma paixão, atração, desejo ou carência que outro preenche.

— Gostei bastante dessa definição. Me lembro que uma vez assisti a um filme que achei engraçado. Uma pessoa perguntava para a outra: "Por que você acha que os seres humanos se casam?", e a outra respondia com ar muito intelectual: "Para terem uma testemunha da sua vida pessoal". O que acha disso, professora?

— Achei completamente egoísta, Joma. Veja bem, como fazer um compromisso para que outra pessoa seja testemunha da sua vida pessoal? Ou seria uma plateia para a minha mediocridade? E escravizaria uma pessoa para fazer isso. Uma relação estabelecida numa ideia dessa seria amor?

— Concordo, professora. Também não gostei dessa perspectiva.

— Amor, querida Joma, é uma percepção profunda do brilho e da luz que existe no outro. É uma tentativa de revelação. É como se estivesse contigo para que sua luz se revele. Para que ela venha à tona. "Teu amor me dá asas", dizia Khalil Gibran a Mary Haskell.

— Então a rejeição e a atração, consequentemente, são respostas do "pequeno eu"?

— Isso mesmo. Nunca amor. Do "pequeno eu", não partem grandes sentimentos. Do "pequeno eu", só parte o pequeno. Do grande, parte o grande. E o grande existe dentro de todo ser humano. O rastro até das pequenas ações será belo e harmonioso. Portanto, se alguém age conforme sua própria verdade interior, tudo o que faz será belo.

— E se pudéssemos filmar toda a vida de um sábio? Como seria, professora?

— Tudo que ele faz é belo. Singelo, simples, cotidiano. Porém, tudo é belo. E você pode perguntar como isso é possível? É possível. Precisamos ser catadores de beleza pela vida afora, e assim veremos como existem coisas bonitas em situações muito simples. Inclusive, lembrei-me de uma história.

Curiosa, como sempre, pedi que a professora contasse.

— Um dia, estava em uma lanchonete e um ancião chegou. Ele disse: "Minha filha, eu não usei esse canudinho e esse guardanapo. Guarda que pode ser útil para outra pessoa". Veja, Joma, o trabalho de vir de onde ele estava sentado até o balcão para fazer isso. Lembrando que ele já estava com a idade muito avançada. Aquilo foi uma obra de arte.

— Nossa, professora. Que lindo. É possível ter beleza em coisas tão simples. Não é mesmo?

— Claro, Joma. É possível ser sempre belo. Dependendo de onde parte a sua ação, sempre terá essa possibilidade.

A professora olhou para o relógio central da biblioteca e constatou que já estava próximo ao horário de sua aula. Perguntou se eu gostaria de participar, e logo confirmei.

Como termina o João Bobo?

Enquanto caminhávamos para o local onde a professora Lúcia iria conduzir sua aula, seguimos conversando. Enquanto organizava seu material, fiquei pensando no quanto ela é uma educadora excepcional e admirável.

Seu entusiasmo e paixão pelo ensino iluminam cada sala de aula que ela entra. Com um sorriso acolhedor e uma voz suave, ela guia seus alunos em uma jornada de descoberta e aprendizado, transformando conceitos complexos em experiências lúdicas e acessíveis. Sua empatia e compaixão criam um ambiente de apoio e confiança, fazendo com que cada aluno se sinta valorizado e amado. Além de ser uma mestra dedicada, ela é também uma grande amiga, deixando uma marca inesquecível nos corações daqueles que têm a sorte de conhecê-la. *Que sorte a minha*, pensei.

A professora interrompeu meus pensamentos e questionou:

— Quando surgem os conflitos, Joma?

— Quando o indivíduo não está em paz com ele?

— Sem conflitos consigo mesmo, sem conflitos externos. Ou seja, como posso conflituar com coisas externas se dentro de mim não existe desarmonia?

— Poderia dizer que só surgem conflitos quando alguém está polarizado no "pequeno eu", professora?

— Exatamente, Joma. Isso acontece porque o "pequeno eu" é conflitivo. É a voz do seu corpo que quer dormir até meio-dia. É a voz da ambição que quer ganhar dinheiro a todo custo. É a voz do astral que quer atenção. Só isso já promove uma guerra, porque essa pessoa não tem um ponto pacificador. Não tem um centro, em torno do qual essas vozes giram. E essa guerra interna vai fazer com que essa pessoa se relacione fora, desarmonizando as polaridades, e não harmonizando.

— Quem não tem um ponto de harmonia dentro, não vai ter fora?

— Sim, Joma. Uma pessoa cheia de atritos e conflitos, em geral não terá identidade profunda. Do ponto de vista filosófico, essas coisas estão tão intimamente ligadas que é quase impossível separar. Ou seja, uma pessoa com muitos atritos não tem um "eu" identificado e profundo. Não terá centro, serenidade e ponto de estabilidade.

— Professora, lembrei de uma história que o meu pai contava sobre o "João Bobo" que ficava em frente ao colégio que ele estudava. Era um boneco com um peso dentro que o mantinha sempre em pé, não importando o que fizessem com ele. Ele dizia que, acontecesse o que acontecesse, o boneco terminava em pé. Parece uma lição importante sobre ponto de estabilidade, não é mesmo?

— Belo exemplo esse do seu pai, Joma. O "João Bobo" sempre termina em pé! E, fazendo uma analogia, é como se a pessoa agisse de mil maneiras, segundo seja necessário, mas sem perder a liberdade e fidelidade a si mesmo. Ou seja, é muito flexível.

E prosseguiu:

— Um sábio nunca acha que sabe tudo. Ele sempre está pronto para aprender, para o novo. Nunca tem uma resposta idêntica em situações diferentes, porque enxerga as minúcias e os detalhes de cada coisa. Compreende as circunstâncias de forma abrangente, de modo que é capaz de fornecer detalhes de resposta que cada situação exige.

"Sua sensibilidade constante em relação à vida permite que sinta as circunstâncias em sua singularidade, sem se concentrar exclusivamente em sua própria personalidade ou interesses limitados. Está sintonizado com a vida, o que o capacita a oferecer respostas completas e adaptadas a cada situação. O sábio não se limita à repetição, sua natureza flexível torna-o imprevisível."

Após expressar minha gratidão à professora pelas lições do dia, saí em busca de um lugar para assistir à aula. Estava verdadeiramente animada com o tema que ela abordaria: liberdade. Mal podia esperar para me aprofundar nesse assunto tão inspirador.

Afinal, o que é liberdade?

A sala de aula estava lotada, com alunos ansiosos aguardando o início dos ensinamentos da professora Lúcia sobre liberdade. O ambiente estava carregado de expectativa, e eu me sentia imersa na energia vibrante daquele momento. Mal podia conter minha curiosidade para absorver cada palavra e reflexão que a professora compartilharia conosco sobre esse tema tão significativo.

Após dar as boas-vindas, ela iniciou sua apresentação: "A liberdade não é incompatível com a responsabilidade. Às vezes, pensamos que uma pessoa livre pode fazer o que quiser, seguindo seus próprios desejos. No entanto, o primeiro passo seria compreender verdadeiramente o que ela deseja. E antes disso, quem ela é. Porque alguém que não se conhece não deseja nada. Está simplesmente absorvendo as influências e tendências do ambiente ao seu redor".

Uma colega perguntou:

— Então qual seria a maior escravidão, professora?

E ela respondeu:

— A maior escravidão é a inconsciência, a mecanicidade, e a massificação. Querer o que todo mundo quer. Ou seja, se está sendo querida, está sendo escolhida. Quem não sabe o que é, não sabe o que quer e, portanto, não pode fazer o que quer.

Outro colega questionou:

— E o que o homem deve fazer para ser livre?
— O homem livre é aquele que se conhece profundamente e tem a capacidade de manter seus princípios intactos em qualquer circunstância. É como um bom veículo, uma caminhonete com tração quatro por quatro: se a estrada for difícil, ela se adapta, mas continua avançando. Se a estrada for plana, ela segue seu curso sem problemas. Nenhuma estrada é capaz de deter um bom veículo, concorda?

O colega concordou e prosseguiu:
— A ideia é semelhante à natureza humana. Nenhuma circunstância seria capaz de obstruir uma identidade clara e bem definida? É isso, professora?

E ela respondeu:
— Exatamente. A identidade clara e bem definida prevalece sobre as circunstâncias. Como diz o provérbio: "Onde há uma vontade, há um caminho". O ser humano é capaz de abrir caminho e permanecer fiel a si mesmo.

A professora avançou na apresentação, trazendo à tona o contexto da diplomacia. Ela compartilhou um conceito que o professor Jorge Ángel Livraga, fundador da Nova Acrópole, costumava destacar: "Diplomacia é a habilidade de realizar sua vontade no mundo causando o mínimo de dano, mas ainda assim, impondo-a". Significa causar o mínimo de danos às circunstâncias, mas sem deixar de realizar o que veio fazer. Não se omitir em transmitir sua mensagem, revelar sua identidade ao mundo e cumprir sua missão.

E mais uma colega perguntou:

— Professora, mas como não ser apenas um produto do meio, neste mundo massificado em que vivemos?

Ela respondeu:

— A perfeição é a expressão da harmonia entre a unidade e a diversidade. Em nossas vidas, encontramos esses momentos especiais onde a unidade interior prevalece sobre as circunstâncias, permitindo-nos superar obstáculos e não sermos meros produtos do ambiente ao nosso redor. Esses são os momentos em que conseguimos mudar o jogo. E, definitivamente, não sermos produtos do meio.

E prosseguiu:

— Diz uma antiga frase filosófica que os homens despertos escrevem a história, enquanto os homens da massa, às vezes, nem a leem. Isso é verdade. Eles realizam a si próprios e permitem que outros seres humanos se realizem através de suas vidas. Certamente, cada ser se realiza sendo aquilo que é. Ao olhar ao redor, você percebe isso: os animais sendo animais, as plantas sendo plantas e o homem sendo homem, assim como você sendo você. Ao descobrir essa identidade e deixar sua marca, sua mensagem para o mundo, você se realiza e capacita outros a se realizarem através de seu exemplo.

Para encerrar a aula, a professora interrompeu a dinâmica das discussões e, de repente, me chamou à frente da turma. Com um misto de surpresa e responsabilidade, senti meu coração acelerar enquanto ela me pedia para finalizar com uma reflexão sobre as nossas conversas filosóficas dos últimos tempos.

Diante do olhar curioso e das expectativas dos colegas, respirei fundo e me preparei para compartilhar minhas considerações. Com uma mistura de nervosismo e entusiasmo, disse:

— Em conclusão, podemos perceber que o despertar para a verdadeira essência de si mesmo é fundamental para alcançar a harmonia e a realização pessoal. Quando reconhecemos nossa identidade profunda e deixamos nossa marca única no mundo, capacitamos não apenas a nós mesmos, mas também aqueles ao nosso redor a se realizarem plenamente.

"Este processo de harmonização das dualidades nos leva a encontrar a unidade dentro de nós e, consequentemente, a manifestar essa unidade no meio da diversidade que nos cerca. Assim, ao nos tornarmos seres indivisíveis e autênticos, somos capazes de contribuir positivamente para a história e o desenvolvimento da humanidade."

Após compartilhar a conclusão, percebi a professora visivelmente emocionada com minhas palavras. Era evidente o quanto eu havia evoluído desde o início das nossas conversas filosóficas. Senti uma profunda gratidão por sua orientação e apoio.

A expressão de satisfação em seu rosto era tão clara que iluminava toda a sala. Seus olhos brilhavam com orgulho e contentamento, enquanto um sorriso acolhedor se formava em seus lábios. Seu abraço caloroso envolvia-me com ternura, transmitindo não apenas um sentimento de reconhecimento, mas também uma profunda alegria compartilhada.

Ao encerrar a aula, senti-me verdadeiramente grata pela sorte de ter cruzado o seu caminho, pela generosidade dela em ensinar sem nenhuma cobrança ou expectativa, pela oportunidade de ter tido acesso a tanto conhecimento e sabedoria. Meu coração transbordava de gratidão pela pessoa inspiradora que ela era e pela influência positiva em minha jornada de aprendizado.

Fui para casa caminhando, repetindo mentalmente: *Muito obrigada, professora Lúcia! Muito, muito obrigada, professora!*

Reflexões da aprendiz

— PARTE 2 —

A dualidade do mundo

No mundo complexo em que vivemos, é comum encontrarmos opiniões extremas e generalizações simplistas que não captam a realidade multifacetada que nos envolve. Não é possível generalizar. Precisamos refletir sobre a necessidade de evitar uma abordagem unidimensional dos assuntos, especialmente ao lidar com as diversas polaridades presentes em diferentes temas.

As polaridades são características inerentes à vida, desde os opostos naturais como dia e noite, até os aspectos sociais e culturais como positivo e negativo. No entanto, quando tentamos simplificar essas polaridades complexas em afirmações absolutas, corremos o risco de perpetuar preconceitos e criar divisões.

Imagine, por exemplo, generalizar que "todos os jovens são irresponsáveis e descomprometidos" ou que "todos os idosos são conservadores e resistentes a mudanças". Essas generalizações ignoram a rica diversidade presente em cada grupo etário, desconsiderando as múltiplas experiências e individualidades de cada um.

Ao reduzirmos questões complexas a generalizações estereotipadas, limitamos nossa compreensão do mundo e criamos barreiras à compreensão mútua.

Isso pode levar a conflitos e a intolerância, pois não estamos abertos a considerar diferentes perspectivas.

É aqui que o conceito do caminho do meio se mostra como uma solução valiosa. Inspirado no pensamento filosófico oriental, o caminho do meio busca transcender as polaridades e encontrar um equilíbrio harmônico entre elas. Em vez de adotar posições extremas, ele nos convida à reflexão e ao discernimento, considerando múltiplos pontos de vista e encontrando soluções mais inclusivas e sensatas.

Abraçar o caminho do meio requer paciência e empatia. Devemos estar dispostos a ouvir e a compreender diferentes perspectivas, mesmo que discordemos delas. Isso nos permite reconhecer a complexidade da realidade e promover um diálogo construtivo, contribuindo para a construção de uma sociedade mais harmoniosa e inclusiva.

Portanto, é essencial lembrarmos que evitar generalizações simplistas é fundamental para nutrir nossa inteligência emocional e evoluir como sociedade. Ao abraçarmos o caminho do meio entre as dualidades e, principalmente, entre os extremos, cultivamos uma visão mais holística e empática do mundo, tornando-nos mais capazes de construir um futuro mais harmonioso e inclusivo para todos.

Um atalho para a harmonia

É comum depararmos com opiniões extremas e posturas polarizadas que parecem nos forçar a tomar partido constantemente. No entanto, adotar o caminho do meio na comunicação pode ser um ato de coragem e sabedoria.

É partir do princípio de que todos têm suas razões válidas, em vez de assumir que um lado está certo e o outro errado. Reconhecendo que, na maioria das vezes, as pessoas expressam ideias semelhantes com objetivos comuns, apenas de formas diferentes, podemos abrir espaço para a compreensão mútua e o diálogo construtivo.

Eu mesma, por muito tempo, me vi perturbada por estar sempre no caminho do meio. Recebia críticas por parecer estar em cima do muro, enquanto eu buscava harmonia e equilíbrio em meio aos extremos. Convivendo com amigos de diferentes espectros políticos e culturais, percebi que a diversidade de perspectivas enriquecia minha jornada. Foi durante minha pesquisa de mestrado em comunicação que compreendi a pertinência do caminho do meio nesse campo.

Recordando lições sobre conciliação no estudo jurídico, aprendi que, em conflitos, muitas vezes as duas partes têm razão em suas percepções da realidade. Aceitar essa dualidade de verdades pode facilitar a resolução de disputas, abrindo espaço para um entendimento mais profundo e uma solução mais satisfatória.

Além disso, percebi que a comunicação não só é a base dos conflitos, mas também pode ser a chave para a sua resolução. Em tempos de polarização política e social, onde as diferenças muitas vezes parecem insuperáveis, uma comunicação empática e aberta pode ser o antídoto para a divisão e o ódio.

Portanto, adotar o caminho do meio na comunicação não é estar em cima do muro, mas sim buscar a verdadeira essência das questões, reconhecendo a validade de diferentes perspectivas e construindo pontes entre elas. Antes de alcançar essa compreensão, é fundamental refletir sobre uma citação de Aristóteles: "A marca de uma mente instruída é ser capaz de entreter uma ideia sem aceitá-la".

Esse princípio nos lembra da importância de avaliar valores diferentes sem necessariamente adotá-los. Essa habilidade pode ser transformadora, pois nos permite expandir nossa visão de mundo e promover mudanças significativas em nossa própria vida. Ao mantermos a mente aberta para diferentes perspectivas e ideias, somos capazes de desenvolver um pensamento crítico e construtivo, contribuindo assim para um diálogo mais enriquecedor e uma sociedade mais harmoniosa.

Ao abraçarmos a diversidade de opiniões e nos abrirmos para o diálogo, podemos promover a harmonia e o entendimento em nossas interações pessoais e sociais. E, quem sabe, inspirar outros a trilharem esse mesmo caminho de leveza e paz.

"Contraste gera consciência"

Entender o mundo através do contraste é essencial. É comparando opostos que aprendemos e crescemos, percebendo a importância do equilíbrio.

Pense em algo simples, como a diferença entre dia e noite. Só sabemos apreciar a luz do dia porque conhecemos a escuridão da noite. Da mesma forma, a alegria se torna mais preciosa quando experimentamos a tristeza. Esses contrastes básicos nos ajudam a entender e valorizar as qualidades únicas de cada situação.

Em minha vida profissional, por exemplo, enfrentei prazos apertados e muito estresse. O desafio era evitar os extremos: trabalhar até a exaustão ou desistir. Ao encontrar um equilíbrio entre dedicação e autocuidado, consegui superar os desafios.

Nas relações pessoais, o contraste também é muito importante. Pense em uma discussão com um amigo. No calor do momento, é fácil ver apenas o nosso ponto de vista. No entanto, ao ouvir e entender a perspectiva do outro, conseguimos encontrar um terreno comum para uma comunicação mais empática e respeitosa.

Outro exemplo é a alimentação. Quando comemos algo muito doce, logo percebemos o desejo por algo salgado para equilibrar o paladar. Esse contraste nos faz entender a importância de uma dieta equilibrada, que inclui diversos sabores e nutrientes.

O caminho do meio não é sobre ser neutro ou indiferente, mas sobre encontrar sabedoria e equilíbrio entre os extremos. Isso nos permite viver de forma mais plena e autêntica, reconhecendo que os contrastes nos iluminam e nos transformam.

Na filosofia, o contraste é igualmente importante. Grandes pensadores como Aristóteles destacavam a importância de entender ideias opostas para alcançar uma visão mais completa e equilibrada. Ele afirmava que a capacidade de entender uma ideia sem necessariamente aceitá-la é a marca de uma mente instruída. Isso nos ensina a valorizar diferentes perspectivas sem nos prender a elas, promovendo um pensamento mais crítico e aberto.

Além disso, no contexto social e político atual, em que as polarizações são cada vez mais acentuadas, o contraste nos ajuda a perceber a complexidade das questões e a evitar julgamentos simplistas. Ao buscar o caminho do meio, podemos encontrar soluções mais justas e equilibradas, que considerem as diversas nuances envolvidas.

Portanto, ao adotar os ensinamentos do contraste e do caminho do meio, estamos escolhendo uma vida de clareza e propósito. Entendemos que os extremos fazem parte da experiência humana, mas a verdadeira sabedoria está em encontrar equilíbrio entre eles. É nesse equilíbrio que encontramos paz e harmonia, tanto internamente quanto em nossas interações com o mundo.

O ponto de equilíbrio do elástico

O ponto de equilíbrio do elástico é uma interessante analogia que pode ser utilizada para ilustrar conceitos de física e equilíbrio de forças. Quando se estica um elástico, ele armazena energia potencial elástica, e ao soltá-lo, essa energia é liberada. Entretanto, antes de ser solto, o elástico possui um ponto de equilíbrio.

Ao segurarmos ambas as extremidades do elástico, mantemos as forças exercidas sobre ele em equilíbrio. O elástico não está nem sendo esticado nem relaxado no ponto de equilíbrio. Esse ponto é crucial, pois representa um estado em que as forças opostas atuantes estão balanceadas, resultando em uma condição de estabilidade momentânea.

Essa ideia pode ser estendida a várias situações na vida. Assim como no elástico, encontramos pontos de equilíbrio em nossas relações, decisões e atividades diárias. Por exemplo, nas relações interpessoais, é fundamental encontrar um equilíbrio entre dar e receber, respeitar e ser respeitado.

Além disso, na tomada de decisões, há um ponto de equilíbrio entre análise cuidadosa e ação. Demasiada hesitação pode resultar em inação, enquanto agir impulsivamente pode levar a consequências indesejadas.

Assim como no elástico, a vida muitas vezes nos coloca em situações de tensão e desafios. Encontrar o ponto de equilíbrio adequado é essencial para manter a estabilidade e buscar uma abordagem equilibrada diante das complexidades que enfrentamos.

Portanto, a metáfora do ponto de equilíbrio do elástico oferece uma perspectiva visualmente rica para refletir sobre a importância da estabilidade e equilíbrio em diversas áreas de nossas vidas.

Caminho do meio no budismo

A expressão "caminho do meio", utilizada por Siddhartha Gautama[8] para descrever o movimento em direção à libertação pessoal, tem sido frequentemente negligenciada quando tratamos das políticas adotadas nas instituições educacionais.

Em um mundo onde a polarização política parece prevalecer, especialmente entre os polos extremos do espectro ideológico, a prática do não extremismo tem sido deixada de lado. Ao invés de buscar um equilíbrio entre diferentes pontos de vista, a tendência é que a polarização se intensifique, alimentada pelo interesse de certos grupos em manter a mobilização de seus seguidores.

O caminho do meio, como descrito por Siddhartha Gautama e adotado no budismo, representa uma abordagem de moderação e equilíbrio. Ele implica em encontrar um ponto intermediário entre extremos, evitando tanto o rigor excessivo quanto a permissividade descontrolada. No Mahayana Budismo,[9] o caminho do meio também está relacionado ao

---

8 Siddhartha Gautama, conhecido como Buda, foi o fundador do budismo e viveu no século VI a.C.
9 O Mahayana, uma das principais tradições do budismo, surgiu entre os séculos I e II d.C. e é caracterizado por uma ênfase na compaixão e na busca pela iluminação não apenas para si, mas para todos os seres.

entendimento do vazio, que transcende as noções dualísticas sobre a existência.

Além disso, o caminho do meio pode ser interpretado como uma compreensão de que todas as dualidades aparentes no mundo são ilusórias. É uma busca pela harmonia entre diferentes perspectivas, reconhecendo que a verdade muitas vezes reside em um ponto intermediário entre extremos opostos. Esta abordagem não se trata apenas de evitar extremos, mas de reconhecer a complexidade da existência e adotar uma postura de equilíbrio e moderação em todas as áreas da vida.

Na educação, a aplicação do caminho do meio poderia promover um ambiente mais inclusivo e diversificado, em que diferentes ideias e opiniões são respeitadas e consideradas. Em vez de adotar uma abordagem polarizada, em que apenas um conjunto de ideias é privilegiado, as instituições educacionais podem beneficiar-se ao buscar um equilíbrio entre diferentes perspectivas e abordagens pedagógicas. Isso não apenas enriqueceria o ambiente de aprendizado, mas também prepararia os estudantes para lidar com a diversidade de opiniões e pontos de vista que encontram na sociedade.

Em resumo, o caminho do meio oferece uma perspectiva valiosa para lidar com as complexidades do mundo contemporâneo, especialmente no campo da educação. Ao buscar um equilíbrio entre extremos e adotar uma postura de moderação e compreensão, podemos promover um ambiente mais inclusivo, onde todas as vozes são ouvidas e valorizadas.

Teste de realidade

O teste de realidade consiste na habilidade de avaliar a concordância entre as experiências vividas e a realidade objetiva. Isso requer estar plenamente consciente e conectado com a situação presente. Uma descrição precisa dessa habilidade é a capacidade de enxergar as coisas de forma imparcial, tal como são, em vez de distorcê-las conforme nossos desejos ou medos.

Para realizar esse teste com precisão, é necessário buscar evidências objetivas que fundamentem e justifiquem nossos sentimentos, percepções e pensamentos. Inclusive, é uma ferramenta muito importante na mediação de conflitos.

Essa habilidade é fundamentada no pragmatismo, na objetividade e na autenticidade de nossos pensamentos e ideias. Concentração e foco são aspectos essenciais desse processo, especialmente ao lidar com situações desafiadoras, pois nos mantêm sintonizados com o mundo exterior e nos permitem avaliar com clareza e lucidez.

Em resumo, o teste de realidade é a capacidade de avaliar de forma precisa a situação presente, garantindo uma percepção acurada e fundamentada na realidade.

Teste de realidade, caminho do meio e ponto de equilíbrio estão todos intrinsecamente ligados na busca por uma compreensão precisa e equilibrada da realidade.

Assim como no teste de realidade, em que buscamos avaliar objetivamente a correspondência entre nossas experiências e a verdadeira natureza das coisas, o caminho do meio nos convida a transcender as dualidades e encontrar um equilíbrio entre extremos opostos. Essa harmonia é o ponto de equilíbrio, em que as forças contrárias estão balanceadas, proporcionando estabilidade e clareza mental.

Ao aplicarmos o teste de realidade, nos esforçamos para manter uma perspectiva objetiva, sem nos deixarmos influenciar por nossos desejos ou medos. Da mesma forma, ao seguir o caminho do meio, evitamos cair nas armadilhas do extremismo e buscamos uma abordagem equilibrada diante das situações da vida. Encontramos, então, o ponto de equilíbrio, onde podemos enxergar as coisas com clareza.

Isso nos permite viver com maior lucidez, compreensão e harmonia, tanto internamente quanto em nossas interações com o mundo ao nosso redor.

ABC do Lou Marinoff

Na obra *O caminho do meio*, o autor Lou Marinoff explora a filosofia que dá título ao livro, trazendo ensinamentos de três importantes filósofos: Aristóteles, Buda e Confúcio.

Cada um desses pensadores contribuiu para a formação dessa abordagem e, ao considerar suas perspectivas, podemos compreender melhor a essência do caminho do meio.

Aristóteles: O caminho do meio de Aristóteles está enraizado em sua ética da virtude. Para ele, a busca pela felicidade e o florescimento humano estão intrinsecamente ligados à prática das virtudes. No entanto, Aristóteles argumenta que as virtudes estão no ponto de equilíbrio entre dois extremos viciosos. Por exemplo, a coragem é uma virtude que está no meio-termo entre a covardia (deficiência) e a temeridade (excesso). Essa busca pela moderação e equilíbrio nas ações e emoções é essencial para uma vida virtuosa e bem-sucedida, segundo o filósofo grego.

Buda: Na tradição budista, o caminho do meio é uma doutrina central, ensinada por Siddhartha Gautama, conhecido como Buda. Ele enfatiza que a libertação do sofrimento e o despertar espiritual podem ser alcançados seguindo o caminho que evita os extremos. Buda enfatiza a importância de evitar a indulgência nos prazeres sensoriais (hedonismo) e a automortificação, encontrando um caminho equilibrado de moderação e autocontrole. Essa abordagem busca superar o apelo aos desejos mundanos, mas sem cair em uma negação radical do mundo material. O caminho do meio é uma jornada de autotransformação, alcançando um estado de iluminação e compaixão para com todos os seres.

Confúcio: O pensamento de Confúcio também se relaciona com o caminho do meio. Ele destaca a importância da ética e do equilíbrio na vida cotidiana. Confúcio enfatiza a virtude da Ren, que envolve a busca pela humanidade benevolente e o cultivo de relacionamentos harmoniosos. Para ele, o caminho do meio é encontrado ao seguir os rituais e valores éticos, mas sem se aderir rigidamente a regras e costumes inflexíveis. É uma busca por retidão e justiça, buscando harmonia em todas as ações.

Ao unir as perspectivas de Aristóteles, Buda e Confúcio, o caminho do meio, apresentado por Marinoff, é uma filosofia que transcende culturas e tradições, buscando um equilíbrio que abrange a ética, a sabedoria e o crescimento espiritual. É uma abordagem que nos convida a evitar extremos e polarizações, adotando uma postura mais consciente, compassiva e sábia diante das complexidades da vida.

Inspirada nesses três grandes pensadores, a obra se revela como uma jornada de autoconhecimento, crescimento pessoal e busca pela sabedoria. Ao integrar essas perspectivas, encontramos uma síntese entre as nossas aspirações pessoais e as virtudes dos mestres que enriquecem a nossa humanidade.

O caminho do meio se torna uma filosofia prática que nos guia para uma vida mais autônoma, equilibrada e significativa, buscando a harmonia interior e a compreensão mais profunda do mundo à nossa volta.

Caminho do meio na antroposofia

Na antroposofia, o caminho do meio é entendido como um princípio que busca equilibrar as polaridades da vida e promover a harmonia entre os diferentes aspectos do ser humano.

Essa filosofia, desenvolvida por Rudolf Steiner, propõe uma abordagem holística que considera o ser humano como composto por corpo, alma e espírito, e busca integrar esses aspectos para alcançar um desenvolvimento equilibrado.

De acordo com a antroposofia, o caminho do meio envolve equilibrar as forças opostas do pensar, sentir e agir. O pensamento é visto como a força que nos conecta ao mundo espiritual e nos permite compreender a realidade; o sentir é a força que nos conecta às emoções e aos outros seres humanos; e o agir é a força que nos permite agir no mundo físico. Equilibrar essas três forças é essencial para alcançar uma vida harmoniosa e significativa.

Além disso, na antroposofia, o caminho do meio também envolve equilibrar as forças opostas do mundo espiritual e material. Isso significa buscar um equilíbrio entre a espiritualidade e a materialidade, sem cair no fanatismo religioso ou no materialismo extremo.

Também envolve buscar um equilíbrio entre a individualidade e a coletividade, de modo que possamos expressar nossas próprias qualidades e ao mesmo tempo cooperar com os outros seres humanos para o bem comum.

O caminho do meio na antroposofia não se trata apenas de encontrar um ponto intermediário entre dois extremos, mas também de integrar esses extremos de uma maneira criativa e harmoniosa. É sobre encontrar um equilíbrio dinâmico que nos permita desenvolver todo o nosso potencial como seres humanos.

Assim, na antroposofia, o caminho do meio é visto como um princípio fundamental para o desenvolvimento equilibrado e saudável do ser humano e da sociedade como um todo. É uma abordagem que nos convida a transcender dualidades e integrar opostos para alcançar uma vida plena e significativa.

Uma abordagem integrativa

Diante de muitos dilemas e desafios da vida reside a necessidade de encontrar um ponto de equilíbrio ou de harmonia. Este ponto não é apenas uma simples interseção entre dois extremos, mas sim uma síntese dinâmica que incorpora o melhor de ambos os lados.

A busca pelo ponto de equilíbrio é mais do que uma escolha entre duas opções; é a jornada em direção a uma abordagem integrativa que reconhece a complexidade da vida.

Em nossa trajetória, nos deparamos frequentemente com dicotomias aparentemente inconciliáveis. Podemos ser confrontados com a decisão entre agir com assertividade ou exercer a compaixão. Nos vemos diante da escolha entre dedicar-nos ao trabalho ou nutrir nossos relacionamentos pessoais. E em meio a essas dicotomias, muitas vezes nos sentimos pressionados a optar por um extremo ou outro.

No entanto, a sabedoria reside na compreensão de que não precisamos escolher entre um "OU" outro, mas sim integrar um "E" outro. O caminho do meio não se trata de negar os extremos, mas sim de transcender suas limitações ao reconhecer sua interdependência. É reconhecer que a força e a flexibilidade se encontram na união dos opostos.

O ponto de equilíbrio não é um destino estático, mas sim um processo contínuo de navegação entre as correntes turbulentas da vida. É encontrar o equilíbrio entre o fazer e o ser, entre a ação e a contemplação, entre a busca do sucesso e a valorização do momento presente. É entender que a verdadeira integridade não está na renúncia a um extremo em favor do outro, mas sim na capacidade de abraçar a totalidade de nossa experiência humana.

Assim, ao adotarmos uma abordagem do "E" outro, somos capazes de transcender as dualidades que nos limitam e abraçar a plenitude da vida. Encontramos não apenas um ponto de equilíbrio, mas também um ponto de integração que nos permite florescer em toda a nossa complexidade. Neste ponto de equilíbrio, descobrimos a verdadeira essência da existência humana: não como uma escolha entre extremos, mas como uma dança harmônica entre luz e sombra, entre o sagrado e o profano, entre o ser e o tornar-se.

Integrar é diferente de escolher

No livro *O Profeta*, o autor Khalil Gibran aborda a importância do equilíbrio e da integração entre razão e paixão na vida. Em uma passagem, Gibran destaca que a razão, ao governar sozinha, é limitante, enquanto a paixão isolada leva à autodestruição. Ele sugere que a alma deve exaltar a razão à altura da paixão para que ambas possam coexistir harmoniosamente. Em outra passagem, ele reforça a necessidade de tratar razão e paixão com igual respeito, afirmando que Deus descansa na razão e se move na paixão. A mensagem é que devemos integrar ambos os aspectos para alcançar uma vida plena.

No mundo das escolhas, muitas vezes nos encontramos divididos entre razão e paixão, como se fossem forças opostas que competem pela direção de nossas vidas. No entanto, a verdadeira sabedoria reside na integração dessas duas potências, permitindo que uma complemente e enriqueça a outra.

Quando deixamos que a razão domine sozinha, ela pode nos restringir, focando excessivamente em minúcias e análises que nos impedem de alçar voos maiores. Por outro lado, a paixão, sem a orientação da razão, pode se tornar uma chama incontrolável que consome a si mesma, levando-nos à ruína sem um rumo claro.

Imagine a vida como uma jornada onde razão e paixão são dois guias essenciais. Quando permitimos que ambos atuem em harmonia, encontramos uma rota mais rica e significativa. A razão nos oferece clareza e discernimento, enquanto a paixão nos dá energia e motivação para seguir em frente, superando desafios e buscando nossos sonhos.

A vida, portanto, não é uma escolha entre razão ou paixão, mas uma dança integrada onde ambos se movem juntos, elevando-nos a novas alturas de entendimento e realização. Em cada decisão, em cada momento, abracemos a razão e a paixão como dois hóspedes queridos, tratando-os com igual reverência e permitindo que, juntos, guiem nossos passos pelo caminho da sabedoria e da verdade, com sugeriu Gibran.

Esse princípio se aplica a várias áreas da vida, como o equilíbrio entre trabalho e lazer ou tradição e inovação. Assim, encontraremos o verdadeiro equilíbrio; não na escolha, mas na integração, onde o "E" se torna o elo que une e fortalece a nossa jornada.

Equilíbrio dos motores

À medida que enfrentamos os desafios do presente e as incertezas do futuro, nos deparamos com a dualidade entre a estabilidade do que já conhecemos e a inovação necessária para nos mantermos relevantes.

Podemos pensar em uma analogia com essa dualidade se manifestando em dois motores da estratégia: o foco no presente (motor 1) e a visão orientada ao futuro (motor 2).

Equilibrar esses dois motores é essencial para extrair o máximo de eficiência do presente, enquanto construímos as bases para o futuro. Isso significa reconhecer e valorizar tanto a estabilidade e a disciplina do que já existe quanto a agilidade e a originalidade necessárias para explorar novas oportunidades.

No motor 1, a ênfase na disciplina e na melhoria contínua dos processos é essencial para garantir a estabilidade e a eficiência das operações atuais. Aqui, devemos identificar e reduzir os riscos que possam ameaçar nossa estabilidade financeira e operacional, mantendo-nos adaptáveis às mudanças do ambiente.

Já no motor 2, precisamos adotar uma mentalidade mais ágil e propensa ao risco. É fundamental estarmos abertos a novas ideias e experimentar abordagens não convencionais, mesmo que isso implique correr o risco de falhar.

Encontrar o ponto de equilíbrio entre esses dois motores não é fácil. Precisamos preservar a essência do que aprendemos no passado, ao mesmo tempo em que permanecemos abertos a novas perspectivas e oportunidades. É esse equilíbrio que nos permitirá prosperar em um mundo de mudanças rápidas e constantes.

Portanto, ao dominarmos a arte do equilíbrio entre a estabilidade e a inovação, estaremos bem posicionados para enfrentar os desafios do presente e do futuro, aproveitando ao máximo os dois motores para impulsionar nosso sucesso.

Existem dois aspectos que devemos considerar: a aversão à mudança ou a aceitação irrestrita dela. Adotar uma postura radical resulta em rigidez, o que, num contexto de constantes transformações, inevitavelmente leva ao fracasso.

Então, a solução reside em encontrar o ponto de equilíbrio. É preciso manter os ensinamentos do passado intactos, ao mesmo tempo em que abraçamos uma perspectiva renovada voltada para o futuro. As lições valiosas extraídas das experiências anteriores servirão como alicerce para construir o novo.

O ponto de equilíbrio na síntese

A dialética e o caminho do meio são duas abordagens filosóficas que, embora distintas, convergem em um ponto central: a importância do equilíbrio e da síntese na compreensão da realidade e na busca pela sabedoria.

Assim como a dialética busca a síntese entre opostos representados pela tese e antítese, o caminho do meio propõe encontrar um ponto de equilíbrio entre extremos aparentes. Ambas as filosofias reconhecem a necessidade de transcender dualidades e integrar elementos complementares para alcançar uma compreensão mais profunda e abrangente.

O ponto de equilíbrio na síntese é onde convergem as diversas facetas da experiência humana. É um lugar onde a rigidez cede à flexibilidade e a dualidade dá lugar à harmonia. Nesse ponto, surge uma perspectiva que abraça a complexidade da vida e reconhece a interconexão de todas as coisas.

Na prática, o ponto de equilíbrio na síntese nos convida a cultivar uma mente aberta e receptiva, capaz de considerar diferentes perspectivas e integrar diversos pontos de vista. É uma abordagem que nos permite transcender as limitações do pensamento binário e abraçar a riqueza da diversidade.

Ao aplicarmos o conceito de ponto de equilíbrio na síntese em nossas vidas, buscamos encontrar um meio-termo entre extremos como excesso e escassez, rigidez e flexibilidade, tradição e inovação. Esse processo contínuo de autodescoberta e autotransformação visa integrar nossas diversas facetas e alcançar uma expressão mais autêntica de nós mesmos.

Ao trilharmos o caminho do meio, não estamos buscando um ponto de estagnação ou indiferença, mas sim um estado dinâmico de equilíbrio e harmonia. É um convite para vivermos de forma consciente e compassiva, reconhecendo nossa interdependência com o mundo ao nosso redor.

Em última análise, o ponto de equilíbrio nos convida a abraçar a totalidade da experiência humana, transcendendo dualidades e integrando opostos para alcançar uma compreensão mais profunda e significativa da vida. É através desse equilíbrio dinâmico que encontramos a verdadeira essência da existência e nos tornamos agentes de mudança e transformação no mundo.

Zorba e Buda

No Oriente, o corpo e a matéria foram muitas vezes condenados, considerados meras ilusões, Maya — substâncias dos sonhos que parecem existir, mas não têm realidade verdadeira. Esta perspectiva levou a uma rejeição do mundo físico, resultando em pobreza, doença e fome. Metade da humanidade viveu aceitando o mundo interior, mas negando o exterior. Em contraste, o Ocidente aceitou o mundo material e negou o espiritual. Ambas são meias verdades e, como tal, deixam os indivíduos insatisfeitos.

O que nos faz acreditar que a verdadeira realização está em ser inteiro: rico no corpo e na ciência, mas também rico em meditação e consciência. Talvez o mais acertado seja unir Zorba e Buda.

Zorba sozinho, com sua dança e prazer momentâneo, acabará se cansando sem uma fonte profunda e inesgotável de significado. Buda sozinho, em sua meditação e desapego, pode faltar o prazer e a alegria da existência terrena. A união de Zorba e Buda cria a sensação de uma pessoa completa, capaz de desfrutar tanto do mundo exterior quanto do interior.

Ao buscarmos a inteireza, abraçamos a dualidade de nossa existência. Reconhecemos a importância de nutrir tanto o corpo quanto a mente, a ciência e a espiritualidade. Essa busca pelo equilíbrio nos liberta dos extremos que dividem a humanidade e nos leva a uma compreensão mais profunda de nós mesmos e do mundo ao nosso redor.

Ser inteiro é aceitar que podemos encontrar prazer na dança e significado na meditação. É reconhecer que a riqueza material e a riqueza espiritual não são mutuamente exclusivas, mas complementares. Quando integramos essas dimensões, nos tornamos seres completos, capazes de viver com intensidade e profundidade.

Essa inteireza não é apenas uma aspiração individual, mas uma contribuição essencial para a humanidade. Quando cada pessoa busca seu próprio equilíbrio entre Zorba e Buda, criamos uma sociedade mais harmoniosa e compreensiva. Nossas diferenças se tornam fontes de aprendizado e crescimento, e nossa diversidade, um campo fértil para a sabedoria coletiva.

A jornada para se tornar uma pessoa inteira é contínua, uma dança entre o corpo e a alma, a ciência e a meditação, Zorba e Buda. É uma busca pelo equilíbrio que nos enriquece e nos conecta com a essência da vida. Ao seguirmos esse caminho, encontramos a verdadeira harmonia e a profunda satisfação que vem de ser plenamente humano.

Integridade é ser inteiro

Integridade é um valor que se fundamenta na honestidade, conformidade e certificação. Ser íntegro significa ser uma pessoa inteira, sem divisões internas entre o que se pensa, sente e age. A busca pela integridade envolve agir de acordo com os princípios e valores próprios, independentemente das circunstâncias externas. É uma jornada contínua para se tornar uma pessoa mais íntegra e alinhada com seus propósitos.

A polarização ocorre quando as opiniões e ideologias de um grupo ou sociedade se afastam cada vez mais dos pontos intermediários, resultando em uma divisão marcante entre posições antagônicas. Esse fenômeno pode gerar um pensamento de "nós contra eles", dificultando o diálogo e a compreensão mútua entre diferentes grupos ou ideologias. Extremos ideológicos, por sua vez, podem gerar conflitos, radicalismo e intolerância, prejudicando o avanço social e político.

A filosofia do caminho do meio tem raízes em várias tradições filosóficas e religiosas, destacando a importância de buscar equilíbrio e moderação em todas as coisas. Esta abordagem encoraja a encontrar soluções que conciliem diferentes perspectivas, evitando extremos e extremismos. Ao seguir o caminho do meio, as pessoas podem promover a compreensão, a cooperação e a convivência harmoniosa entre grupos divergentes.

A integridade pode ser vista como um princípio fundamental para a busca do caminho do meio. Ao ser íntegro consigo mesmo, uma pessoa pode encontrar um ponto de equilíbrio em suas ideologias e atitudes. A polarização extrema pode ser mitigada pela prática do caminho do meio, que incentiva a compreensão e a busca por soluções consensuais. Tanto a integridade quanto o caminho do meio servem como antídotos para o radicalismo e a intolerância, permitindo uma coexistência mais harmoniosa entre diferentes ideologias e visões de mundo.

O estudo sobre a dinâmica entre integridade, polarização, ideologias e o caminho do meio destaca a importância de promover valores de integridade pessoal e a busca pelo equilíbrio. A integridade nos permite ser completos e autênticos em nossas crenças e ações, enquanto o caminho do meio nos encoraja a encontrar soluções moderadas e equilibradas em meio a ideologias conflitantes.

Ao abraçarmos esses princípios, podemos contribuir para uma sociedade mais coesa, empática e tolerante, superando as divisões extremas que frequentemente nos separam. Integridade e equilíbrio não são apenas virtudes individuais, mas também fundamentos essenciais para a construção de uma comunidade em que o respeito mútuo e a colaboração prevaleçam.

O caminho do meio e a integridade se entrelaçam para formar a base de uma vida plena e uma sociedade harmoniosa. Quando somos íntegros, alinhamos nossas ações com nossos valores mais profundos, criando uma base sólida para nossas interações com os outros. E, ao praticar o caminho do meio, evitamos os extremos e encontramos soluções que beneficiam a todos, promovendo um ambiente de entendimento e cooperação.

Em tempos de polarização e conflito, é preciso lembrar que a integridade pessoal e o equilíbrio são faróis que podem nos guiar através da escuridão. Eles nos lembram que, apesar das diferenças, podemos encontrar um terreno comum onde todos se sintam respeitados e valorizados. Assim, podemos construir um futuro mais unido, justo e compassivo, em que a diversidade de pensamento é celebrada e as divisões extremas perdem seu poder de nos separar.

A dualidade da verdade

Niels Bohr, um dos grandes físicos do século XX, nos presenteou com uma reflexão profunda sobre a natureza da verdade: "O oposto de uma afirmação correta é uma afirmação falsa. Mas o oposto de uma verdade profunda pode ser outra verdade profunda". Essa frase nos leva a uma análise minuciosa da verdade e da compreensão, revelando uma dualidade que se manifesta tanto na lógica simples quanto nas complexidades filosóficas e científicas.

A primeira parte da frase, "O oposto de uma afirmação correta é uma afirmação falsa", reflete um princípio lógico básico e direto. Neste contexto, a verdade é vista através de uma lente binária, onde algo é verdadeiro ou falso, sem espaço para ambiguidades.

Esse tipo de lógica é essencial em muitas áreas da vida e do conhecimento, em que a clareza e a precisão são necessárias para o discernimento e a tomada de decisões. Por exemplo, nas ciências exatas e nas leis matemáticas, a clareza entre o verdadeiro e o falso é fundamental para o avanço do conhecimento e a aplicação prática das teorias.

Por outro lado, Bohr nos desafia a considerar que "o oposto de uma verdade profunda pode ser outra verdade profunda". Este pensamento nos leva a um campo onde a verdade não é tão clara e delineada, mas sim multifacetada e abstrata.

Em áreas como a filosofia, a física quântica e a teoria da relatividade, encontramos situações em que diferentes perspectivas podem coexistir como verdades válidas. Estes campos muitas vezes apresentam paradoxos e complexidades que desafiam a simplicidade da lógica binária, sugerindo que múltiplas interpretações e verdades podem surgir de uma mesma realidade.

Integrar a frase de Bohr com o conceito do caminho do meio nos oferece uma abordagem equilibrada e sábia para compreender a verdade. O caminho do meio, uma filosofia enraizada em tradições como o budismo, promove a busca por equilíbrio e moderação em todas as coisas.

Discernimento objetivo: A primeira parte da frase de Bohr nos lembra da importância de reconhecer e discernir entre o verdadeiro e o falso com base em evidências sólidas. No caminho do meio, isso significa aplicar uma visão clara e objetiva às situações, discernindo com precisão onde a verdade objetiva reside.

Abertura e flexibilidade: A segunda parte da frase nos desafia a reconhecer a complexidade da verdade em questões mais abstratas. Aqui, o caminho do meio nos convida a manter uma mente aberta e flexível, aceitando que diferentes perspectivas podem oferecer insights profundos e válidos. Este é um convite para evitar o absolutismo e a exclusão, e em vez disso, abraçar a multiplicidade de interpretações e visões.

Ao combinar essas duas abordagens, criamos uma visão harmoniosa da verdade. O caminho do meio nos encoraja a buscar um equilíbrio entre a busca pela verdade objetiva e a aceitação da complexidade das verdades profundas. Isso significa:

Discernir com clareza: Em áreas onde a verdade é clara e objetiva, é crucial aplicar uma lógica rigorosa para identificar o verdadeiro e o falso. Esse discernimento é essencial para navegar em um mundo cheio de informações e opiniões divergentes.

Abraçar a complexidade: Em questões mais filosóficas e abstratas, devemos cultivar uma abertura para múltiplas facetas da verdade. Isso envolve considerar diferentes perspectivas e interpretações, reconhecendo que a profundidade de certas questões pode nos levar a visões aparentemente contraditórias, mas igualmente válidas.

A análise da frase de Niels Bohr dentro do contexto do caminho do meio nos oferece uma abordagem equilibrada para entender a verdade. Essa perspectiva nos lembra da importância de discernir com clareza onde a verdade objetiva existe, enquanto mantemos uma mente aberta para explorar a complexidade das verdades profundas.

Ao adotar essa visão, somos convidados a encontrar um equilíbrio harmonioso entre a busca pela verdade e o respeito pelas múltiplas interpretações, promovendo uma compreensão mais ampla e compassiva do mundo ao nosso redor. Assim, podemos navegar pela complexidade da vida com sabedoria e equilíbrio, abraçando a dualidade da verdade com discernimento e flexibilidade.

Ponto de equilíbrio não é equilíbrio perfeito

A busca pelo equilíbrio é uma constante na vida humana, mas é fundamental distinguir entre dois conceitos frequentemente confundidos: o equilíbrio perfeito e o ponto de equilíbrio. Embora ambos possam parecer semelhantes à primeira vista, eles diferem profundamente em suas naturezas e aplicabilidades.

O equilíbrio perfeito é uma idealização que pressupõe um estado de harmonia absoluta, em que todas as partes de um sistema estão em completo alinhamento e estabilidade. Esse conceito, embora atraente, é impossível de realizar na prática. A perfeição implica a ausência de qualquer desvio, erro ou variação, uma condição que a vida real, com sua inerente imprevisibilidade e complexidade, jamais poderá alcançar.

A crença no equilíbrio perfeito pode levar a frustrações e decepções, pois estabelece padrões irrealizáveis. Esta visão pode criar uma expectativa de constância e simetria em aspectos da vida que, por sua própria natureza, são dinâmicos e variáveis. A busca por esse tipo de equilíbrio pode resultar em uma pressão desnecessária e um sentimento de inadequação, uma vez que a realidade nunca corresponde a essa perfeição idealizada.

Em contraste, o ponto de equilíbrio é um conceito pragmático e realizável. Ele se refere a um estado em que as forças opostas ou as demandas de um sistema estão em um estado de relativa estabilidade, ajustando-se de acordo com as circunstâncias. É uma busca pelo meio-termo alcançável, em que o foco está no possível e no tangível, não no idealizado e impossível.

O ponto de equilíbrio reconhece a fluidez e a variabilidade das condições de vida. Ele não exige uma distribuição equitativa e constante de esforço ou recursos, mas sim uma adaptabilidade que permite que o sistema funcione de maneira eficaz apesar das variações. Em relações humanas, por exemplo, o ponto de equilíbrio não significa um esforço igual de ambas as partes em todos os momentos. Em vez disso, ele reconhece que há dias em que uma pessoa pode dar 30% enquanto a outra contribui com 70%, e em outras situações, essa proporção pode se inverter. Esse entendimento promove uma flexibilidade que é mais compatível com a realidade das relações e dos desafios humanos.

Outro aspecto muito importante do ponto de equilíbrio é sua natureza particular, individual e subjetiva. Diferente do equilíbrio perfeito, que é uma construção teórica uniforme, o ponto de equilíbrio varia de pessoa para pessoa e de situação para situação. Ele é determinado pelas necessidades, capacidades e circunstâncias únicas de cada indivíduo.

Não existe uma fórmula matemática precisa para determinar o ponto de equilíbrio em questões humanas.

Cada situação demanda uma análise contextual e uma adaptação constante. A subjetividade desse conceito o torna mais aplicável e útil na vida cotidiana, pois permite ajustes contínuos que refletem as mudanças nas circunstâncias e nas necessidades.

Nas relações interpessoais e nos conflitos da vida, não existe uma equação perfeita ou uma solução única que funcione para todas as situações. Cada conflito e cada relação têm suas próprias dinâmicas e exigências. O ponto de equilíbrio, então, é sobre encontrar aquele estado em que todas as partes envolvidas podem coexistir e funcionar de maneira satisfatória, mesmo que isso signifique ajustes constantes e imperfeições.

Esta abordagem prática e realista permite que as pessoas naveguem pelos altos e baixos da vida sem se prenderem a ideais inatingíveis. Ao invés de buscar uma perfeição inabalável, elas podem focar em manter um estado de equilíbrio dinâmico que acomode as mudanças e flutuações naturais da vida.

O entendimento da diferença entre equilíbrio perfeito e ponto de equilíbrio é crucial para uma abordagem mais saudável e realizável da vida. Enquanto o equilíbrio perfeito é uma idealização impossível, o ponto de equilíbrio é uma meta tangível que pode ser ajustada continuamente para refletir as realidades e necessidades individuais.

A aceitação de que o ponto de equilíbrio é subjetivo e variável permite uma maior flexibilidade e resiliência. Ele nos liberta das amarras da perfeição e nos permite encontrar harmonia em meio às imperfeições e variações da vida. Ao adotar essa perspectiva, podemos navegar pelos desafios da vida com uma abordagem mais compassiva e realista, reconhecendo que o equilíbrio é um processo contínuo e não um estado fixo.

"Nem sempre. Nem nunca"

A sabedoria popular costuma dizer grandes verdades de maneira simples e fácil de lembrar. Uma dessas pérolas, que meu marido sempre menciona, é que na medicina "nem sempre e nem nunca" é uma regra básica e importante.

Essa ideia reflete uma abordagem equilibrada que reconhece a complexidade da vida e a necessidade de ser flexível nas respostas e decisões. Assim como na medicina, a vida também se beneficia muito dessa filosofia. A capacidade de evitar os extremos e encontrar um ponto de equilíbrio é essencial não só para a saúde e o bem-estar, mas também para resolver conflitos e construir relacionamentos harmoniosos.

Na vida, aplicar o caminho do meio significa ser flexível e aberto. Reconhecer que cada situação é diferente e que a rigidez pode ser tão ruim quanto a falta de estrutura. Essa mentalidade é decisiva para a gestão de conflitos, em que a habilidade de negociar, se comprometer e se adaptar pode transformar crises em oportunidades de crescimento e entendimento mútuo.

Gerenciar conflitos é uma arte que exige equilíbrio entre as polaridades. Em qualquer conflito, há várias forças em jogo, como emoções, interesses, valores e percepções. A tendência natural é pender para um dos extremos — seja impondo a própria vontade de maneira autoritária ou cedendo completamente para evitar confrontos. Porém, a solução mais eficaz geralmente está em algum lugar entre esses extremos.

Um método eficaz na gestão de conflitos é a abordagem colaborativa, em que as partes envolvidas trabalham juntas para encontrar uma solução que atenda às necessidades de todos. Isso requer habilidades de comunicação, empatia e, acima de tudo, disposição para ouvir e entender a perspectiva do outro.

Buscar o caminho do meio nesse contexto não significa um compromisso fraco, mas sim uma solução robusta e mutuamente benéfica que surge da integração das diferentes perspectivas.

Adotar a filosofia do "nem sempre e nem nunca" na vida prática envolve uma série de comportamentos e atitudes que podem ser desenvolvidos e refinados. Aqui estão alguns exemplos de como aplicar essa abordagem:

Tomada de decisão: Em vez de adotar uma postura rígida, avaliar cada situação de maneira única. Perguntar-se: "Quais são as circunstâncias específicas e as possíveis consequências das minhas ações?". Isso ajuda a evitar decisões precipitadas e a considerar um espectro mais amplo de possibilidades.

Resolução de problemas: Abordar problemas com uma mente aberta, pronto para considerar soluções que podem não ser imediatamente óbvias. Evitar a armadilha de soluções "sempre" ou "nunca", que podem ser muito simplistas.

Relacionamentos Interpessoais: Praticar a empatia e a escuta ativa. Reconhecer que cada pessoa é um indivíduo com suas próprias experiências e perspectivas, e que um relacionamento saudável requer flexibilidade e adaptação contínua.

Autocuidado: Equilibrar a autodisciplina com a autocompaixão. Nem sempre ser duro consigo mesmo, nem sempre ser indulgente. Encontrar um ponto de equilíbrio que promove o bem-estar sustentável.

A vida, assim como a medicina, é cheia de complexidades e nuances que desafiam soluções simplistas e abordagens rígidas. A filosofia do "nem sempre e nem nunca" nos lembra da importância do equilíbrio, da flexibilidade e da adaptabilidade.

Ao abraçar o caminho do meio, cultivamos a capacidade de navegar com sabedoria entre as polaridades, gerir conflitos de maneira eficaz e construir uma vida mais harmoniosa.

As virtudes estão no caminho do meio

As virtudes são frequentemente celebradas como características desejáveis que moldam o caráter e a conduta de uma pessoa. No entanto, a verdadeira compreensão e prática das virtudes exigem mais do que simplesmente aspirar a qualidades positivas; elas exigem a habilidade de navegar no delicado equilíbrio entre o excesso e a falta. Esse equilíbrio é o que os filósofos ao longo dos tempos chamaram de "caminho do meio".

A prática das virtudes, portanto, não é uma questão de aderir rigidamente a um ideal abstrato, mas de cultivar um senso de proporção e moderação em nossa vida cotidiana.

A humildade, por exemplo, é uma virtude amplamente reconhecida e valorizada. No entanto, sua verdadeira essência reside no equilíbrio. A humildade em excesso pode se transformar em degradação, em que a pessoa subestima seu próprio valor e capacidades, levando a uma falta de autoestima e assertividade. Isso pode resultar em uma passividade que impede o crescimento pessoal e a contribuição para a comunidade.

Por outro lado, a falta de humildade manifesta-se como orgulho ou arrogância. A pessoa que carece de humildade tende a superestimar suas capacidades e importância, desvalorizando os outros e suas contribuições. Isso pode levar a conflitos interpessoais e a uma desconexão com a realidade.

Portanto, a verdadeira humildade está no meio-termo. É o reconhecimento realista e honesto de nossas próprias limitações e capacidades, permitindo-nos aprender e crescer, ao mesmo tempo que respeitamos e valorizamos os outros.

Outro exemplo é o amor, que é uma virtude fundamental que enriquece nossas vidas e relacionamentos. No entanto, o amor também precisa ser equilibrado para evitar os extremos da possessividade e do egoísmo. O amor em excesso pode se manifestar como possessividade, em que a pessoa tenta controlar o objeto de seu afeto, sufocando a liberdade e a individualidade do outro. Esse tipo de comportamento pode levar a relações tóxicas e codependentes, em que o verdadeiro espírito do amor é distorcido.

Por outro lado, a falta de amor resulta em egoísmo, em que a pessoa coloca suas próprias necessidades e desejos acima das dos outros. Esse comportamento egoísta mina a capacidade de formar vínculos significativos e impede a criação de uma comunidade solidária.

O verdadeiro amor reside no caminho do meio. É um amor que é generoso e altruísta, mas também respeita a individualidade e a liberdade do outro. É um amor que nutre e apoia, sem tentar controlar ou dominar.

Aplicar o caminho do meio na prática requer uma autoconsciência contínua e uma disposição para refletir sobre nossas ações e atitudes. É um processo dinâmico que exige vigilância constante, pois as circunstâncias da vida estão sempre mudando e desafiando nosso equilíbrio.

As virtudes realmente florescem no caminho do meio, em que evitamos os extremos do excesso e da falta. A humildade encontra seu verdadeiro poder entre a degradação e o orgulho, e o amor realiza seu potencial mais pleno entre a possessividade e o egoísmo. Navegar pelo caminho do meio não é uma tarefa fácil, mas é essencial.

Abraçar o caminho do meio nos permite cultivar virtudes de maneira que enriqueçam nossas vidas e nossas relações. Ao buscar esse equilíbrio, promovemos um mundo mais harmonioso, em que as virtudes não são apenas aspirações, mas realidades vividas e compartilhadas.

Fraternidade: a chave!

> A unidade e a diferença se unem na fraternidade, que é uma relação completa e ampla. A fraternidade reconhece as diferenças, como na família, mas nunca esquece da unidade. Na verdade, é uma exteriorização da unidade. Fraternidade é a chave para resolver os nossos problemas. (RAM, 1991)

Essa citação de Sri Ram nos lembra que a verdadeira fraternidade é o caminho para equilibrar nossas diferenças e encontrar a unidade. Assim como numa família, em que cada membro tem suas peculiaridades, mas todos fazem parte de um todo maior, a fraternidade nos ensina a valorizar a diversidade enquanto mantemos a coesão e a harmonia.

A fraternidade é uma espécie de cola mágica que une as pessoas, independentemente de suas diferenças. Pense na sua própria família: cada um tem sua personalidade, suas opiniões e suas manias, mas, no final das contas, todos pertencem ao mesmo grupo. A fraternidade funciona da mesma maneira em um nível mais amplo. Ela reconhece que todos somos diferentes, mas que essas diferenças podem coexistir harmoniosamente dentro de uma unidade maior.

A chave para entender isso é perceber que a fraternidade não ignora as diferenças. Em vez disso, ela as abraça e as valoriza, vendo-as como parte essencial do todo. Essa visão ajuda a resolver muitos dos problemas que enfrentamos, pois nos incentiva a buscar o entendimento e a cooperação em vez do conflito.

Aplicar a fraternidade no dia a dia pode parecer complicado, porém é mais simples do que parece. Aqui estão algumas maneiras de incorporar essa filosofia nas nossas vidas:

Reconhecer as diferenças: Ao invés de ignorar ou tentar eliminar as diferenças, reconheça e valorize-as. Cada pessoa traz algo único para a mesa, e essas contribuições são valiosas.

Buscar a unidade: Lembre-se de que, apesar das diferenças, há um vínculo comum que nos une. Seja em uma comunidade, no local de trabalho ou em casa, encontrar esse ponto de união é fundamental para construir uma base sólida de fraternidade.

Praticar a empatia: Colocar-se no lugar do outro é um passo importante para a fraternidade. Quando entendemos as experiências e perspectivas dos outros, fica mais fácil aceitar as diferenças e trabalhar juntos para um bem comum.

Promover a cooperação: A fraternidade floresce quando trabalhamos juntos. Encoraje a colaboração em vez da competição, e celebre as conquistas coletivas.

Sri Ram nos lembra que a fraternidade é a chave para resolver nossos problemas. Quando enfrentamos conflitos, a tendência natural é escolher um lado e defender nossas posições. Mas a fraternidade nos convida a buscar uma solução que beneficie a todos. Isso significa ouvir, negociar e encontrar um meio-termo que respeite as diferenças e mantenha a unidade.

Por exemplo, em uma equipe de trabalho, pode haver divergências sobre como abordar um projeto. Em vez de cada um insistir em seu próprio caminho, a fraternidade sugere que todos sentem juntos, discutam suas ideias e encontrem uma solução que incorpore o melhor de cada perspectiva. Dessa forma, a equipe não só resolve o conflito, mas também fortalece sua coesão e eficácia.

A fraternidade, como descrita por Sri Ram, é a arte de unir a unidade e a diferença em um relacionamento completo e harmonioso. Ela nos ensina a reconhecer e valorizar nossas diferenças enquanto mantemos um senso de unidade. Aplicando essa filosofia no dia a dia, podemos resolver conflitos, promover a cooperação e construir uma vida mais harmoniosa e significativa. Ao abraçar a fraternidade, encontramos a chave para muitos dos nossos problemas, criando um ambiente onde todos podem prosperar juntos.

Entre os extremos: ponto de equilíbrio!

Entre o preto e o branco, há uma infinidade de tons de cinza. Entre o 8 e o 80, existem inúmeras possibilidades numéricas. Então, por que nos fixamos nos extremos? A tendência humana de buscar extremos é forte, seja por simplificação cognitiva, pressões sociais ou medos. E os efeitos disso são visíveis ao nosso redor — uma polarização crescente que se manifesta em conflitos religiosos, políticos e sociais.

Olhando para dentro, os exemplos são igualmente evidentes: discussões políticas nas famílias, debates religiosos com colegas, ou questões sensíveis como aborto, legalização da maconha e casamento entre homossexuais. Essas questões frequentemente geram respostas apaixonadas e polarizadas.

Eu sempre fui uma ouvinte e questionadora nata. Desde criança, fui incentivada a explorar pontos de vista diferentes. Essa inclinação me rendeu rótulos variados, desde "diplomática" e "conciliadora" até aquela que "fica em cima do muro" ou "falsa". No entanto, minha experiência me mostrou que dentro de cada perspectiva há uma parcela de verdade.

Façamos um teste. No mundo das redes sociais, siga perfis que defendem pontos de vista opostos aos seus. Veja como, apesar das diferenças, muitas vezes os objetivos finais — como paz e felicidade — são comuns. E, se discordar fortemente, aprenda a pular essas postagens sem julgamento.

Nosso entendimento de perspectiva é moldado por nossa história, cultura e crenças, como ensina a frase: "Não vemos as coisas como elas são, vemos as coisas como somos". Essa diversidade pode enriquecer nosso entendimento coletivo, promovendo uma harmonia social mais inclusiva.

Meu pai sempre ensinou a mim e às minhas irmãs a importância de encontrar um ponto de equilíbrio. Ele nos mostrava que evitar os extremos e buscar um meio-termo era essencial. Essa filosofia me guiou na advocacia, na gestão de negócios e na área de recursos humanos, sempre buscando conciliar interesses e promover harmonia.

Na primeira parte do livro, trouxe em formato de narrativa fictícia uma referência valiosa para mim, que é a professora Lúcia Helena Galvão. Ela nos ensina a olhar as situações de uma perspectiva elevada, buscando uma síntese entre os extremos. Esta visão nos permite encontrar respostas mais sensatas e coerentes para nossos dilemas. Uma de suas falas que me inspira muito é: "Crenças geram polarização. Constatações, não". Essa reflexão nos lembra que, quando nos apegamos cegamente às nossas crenças, criamos divisões e conflitos. Por outro lado, ao nos basearmos em constatações e fatos objetivos, podemos ver a realidade de maneira mais clara e unificada, facilitando a construção de um diálogo mais harmonioso e produtivo.

Quando aplicamos essa perspectiva às generalizações, percebemos como elas podem distorcer nossa visão da realidade. Generalizar envolve assumir que uma observação válida em um caso se aplica a todos os casos sem exceção.

Tenho um exemplo pessoal sobre generalização, que aconteceu durante meu mestrado no Uruguai e me faz refletir constantemente. Ao fazer uma generalização sobre os brasileiros, fui rapidamente corrigida por um colega uruguaio: "Toda generalização é estúpida". Essa experiência reforçou a importância de evitar estereótipos e buscar o ponto de equilíbrio.

As generalizações, ao reduzir questões complexas a estereótipos, criam divisões e limitam nossa compreensão do mundo. Elas podem levar a conflitos e à intolerância, impedindo o diálogo construtivo e o aprendizado contínuo.

Buscar o ponto de equilíbrio exige paciência e empatia. Precisamos estar dispostos a ouvir diferentes perspectivas e reconhecer que a realidade é complexa. Ao fazermos isso, permitimos que a sabedoria floresça e abrimos espaço para o diálogo e a evolução.

Aristóteles disse: "A característica de uma alma educada é saber acolher um pensamento sem aceitá-lo".

Em um mundo polarizado, encontrar o ponto de equilíbrio é desafiador, mas necessário. Compreendendo que todos têm um pouco de razão dentro de suas perspectivas, podemos começar a construir pontes em vez de muros.

É hora de abraçar as diferenças e buscar o entendimento, criando uma sociedade mais tolerante e colaborativa. Entre os extremos, pode existir ponto de equilíbrio. Esse é o caminho!

Agradecimentos

A Deus, pela vida.

Aos meus pais, José (em memória) e Márcia, que me deram tudo que eu precisava.

Ao Geraldo Roma Júnior, meu companheiro de vida, por toda cumplicidade, apoio, cuidado e amor.

Às minhas irmãs e sobrinha, Mirelly, Laura e Melina, por serem minha fonte de força e amor.

À minha prima/amiga/irmã, Rayssa, por ser minha fiel companheira.

À minha sogra e à minha enteada, Terezinha e Kárita, por me ensinarem que o amor pode ser construído.

À minha família materna e paterna, pelos cuidados e laços ancestrais indissolúveis.

Às minhas primas e primos, que ocupam um lugar muito especial no meu coração.

Aos meus padrinhos, Rosimeire e Marles, pela missão que assumiram.

Aos meus tios, Cidinha e Joventino, pela oportunidade que me deram, mesmo sem as melhores condições, e que foi fundamental para eu chegar aqui.

Aos meus cunhados, sobrinhos e afilhados, por serem presentes que a vida me deu.

Aos meus professores, que colaboraram com todo o meu repertório para a vida.

À minha querida terapeuta, Carolina, que participa ativamente de toda a construção de quem eu sou.

Aos queridos companheiros de trabalho que passaram pela minha vida e me ensinaram e ensinam tanto. (E tantos que moram no meu coração.)

Às minhas queridas amigas: Anaiê, Cíntia, Daniela, Carolina, Gabriela, Kamila... por me ensinarem que a amizade ultrapassa os limites do tempo e do espaço.

Aos meus queridos amigos João Victor e Elis, pelo "reencontro" e apoio.

Às pessoas que me influenciaram positivamente de alguma forma: Alê Prates, Amanda Mol, Ana Beatriz Barbosa, Ana Beatriz Pignataro, Ana Claudia Quintana, Ana Paula Leobas, Arthur Bender, Beth Zalcman, Bruno e Malu Perini, Carol Rache, Carolina Nalon, Cauê Oliveira, Cristina Junqueira, Dani Diniz, Daniela Trolesi, Eloiza Limeira, Fernanda Neute, Flávia Holanda Gaeta, Flávio Augusto, Gabriela Prioli, Gabriele Garbin, Geraldo Rufino, Giuliano Milan, Guilherme Brockington, Izabella Camargo, Jeisa Tartari, Joel Jota, José Salibi Neto, Lara Nesteruk, Leila Ama, Lúcia Barros, Lúcia Helena Galvão e equipe, Luciana Pianaro, Luciana Sá, Luciano Meira, Luiz Carlos, Lutz Lobo, Margot Cardoso, Mariana Nahas, Martha Medeiros, Mau D'ávila, Monja Coen, Mônica Martelli, Natália Silva, Paula Abreu, Paula Quintão, Pedro Pacífico, Priscila Zillo, Ricardo Basaglia, Rossandro

Klinjey, Suleima Metelo, Susana Arbex, Thiago Cury e tantas outras.

Às pessoas que participam direta ou indiretamente da minha vida, que me inspiram ou colaboram de alguma forma com a minha evolução, que acreditaram ou apoiaram esse projeto.

À Editora Labrador, que acreditou nesse projeto e me recebeu de forma tão carinhosa e competente.

Por tudo e por todos: meus sinceros agradecimentos!

Referências

BLAVATSKY, Helena. *A voz do silêncio*. Tradução de Lúcia Helena Galvão. Hanói: Hanói Editora, 2024.

BUCK, William. *O Ramayana*: o poema clássico épico indiano recontado em prosa. São Paulo: Cultrix, 2017.

LAMA, Dalai. *O caminho do meio*: fé baseada na razão. 1. ed. São Paulo: Editora Gaia, 2011.

GALVÃO, Lúcia Helena. *Equilíbrio das polaridades da vida*: O caminho do meio - Série Sri Ram. YouTube, 2020. Disponível em: https://www.youtube.com/watch?v=1KnKHh5dvdo. Acessado em: 30 out. 2024.

GALVÃO, Lúcia Helena. *Para entender o Caibalion*: a vivência da filosofia hermética e sua prática nos dias de hoje. São Paulo: Pensamento, 2021.

GIBRAN, Khalil. *O Profeta*. Tradução: Alda Porto. São Paulo: Martín Claret, 2013.

MARINOFF, Lou. *O caminho do meio*: como encontrar a felicidade em um mundo de extremos. Rio de Janeiro: Record, 2008.

RAM, N. Sri. *Em busca da sabedoria*. São Paulo: Editora Teosófica, 1991.

STEINER, Rudolf. *A resposta às questões do mundo e da vida através da Antroposofia*: a educação prática do pensamento. 2. ed. São Paulo: Editora Antroposófica, 2018.

FONTE Adriane Text
PAPEL Pólen Natural 80g/m²
IMPRESSÃO Paym